Luis Sexto

El primer viaje
del Diablo
Y otras historias cubanas
de bolsillo

Editorial Letra Viva
Coral Gables, La Florida

A la memoria de mi madre, Elda María Sánchez Mesa, muchos años lejana en la geografía de la ausencia, y hoy, tanto como ayer, muy cerca en el mapa indeleble de mi ternura. A Zenaida, mi esposa, junto a mí.

A Leydi Torres Arias, mi amiga menor, pero no menos buena que la hija nunca nacida.

LUIS SEXTO

HE DE CONTARLES QUE...

El periodista viaja, camina, pregunta. Sobre todo pregunta. Y va anotando cuanto ve y oye. Este libro me surgió así: oyendo confesiones durante más de 40 años, y de vez en cuando revisando algún texto raro, que pocos podrán consultar, como algunas memorias apolilladas, ciertos álbumes conmemorativos... Pero -sea dicho para atajar alguna torcida interpretación- si no he leído mucho, como decía Rilke, al menos he leído. Para este título, básicamente he vivido.

Con estas páginas, me he afiliado a las intenciones de escritores como Álvaro de la Iglesia, Samuel Feijoo, Florentino Morales, Roberto Méndez, Fermín Romero, Ciro Bianchi, Rolando Aniceto, Ercilio Vento Canosa y otros, que se consagraron, o aún se dedican, a exponer el alma cubana en las anécdotas de un pasado vigente en la tradición. No hay mejor perfil caracterológico que la anécdota. Sucinta y concentradamente se delinean en ella los signos pictográficos de un pueblo. Es -ha dicho Argelio Santiesteban en sus Anécdotas de Cuba- la visión no aburrida ni aburrible de la historia. Y Jean Paul Sartre le ha dado una capacidad reveladora que podría estremecer a cualquier burócrata: "Una anécdota refleja una época lo mismo que una

Constitución política"[1]. Por ello, he querido embridar mi tendencia periodística al comentario, y solo he puesto los hechos en miniatura, como en el puño de la camisa, de acuerdo con Fray Candil.

La cronología parte de los años liminares de la nación cubana, hasta el presente. Cada relato es más antiguo que el que lo sigue. Ése es el orden. Cuando la fecha no aparece, porque quiebra el hechizo del misterio con un presumible afán historiográfico, que no cultivo, ubico un detalle que refleje la época: algún nombre, un hecho, un dato... Con ello basta.

---

[1] Lo cita Simone de Beauvoir en: Las fuerzas de las cosas, Ed. Sudamericana, Buenos Aires, 2000.

ÍNDICE

LUIS SEXTO

CAPÍTULO ÚNICO

La gente y los hechos se ligan a la historia, la política y el humor, y se habla de amor, de mujeres, de muertos, y de animales

Razón de estado

El sol empieza a enrojecer y se pone a mano como una lámpara benigna, a cuya luz el hombre solo puede hablar consigo mismo. Hasta el cacique de la Siguanea, llegan los sonidos que definen la soledad: el rugido del mar al morder los arrecifes, y las voces de los pájaros, y el silbido del aire al transitar entre los pinares. El cacique piensa en la sucesión. Y se pregunta si su hijo Auki Himairo será digno de recibir el mando del cacicazgo.

Días más tarde, lo llama y le encomienda la tarea que lo definirá ante la tribu y la voluntad del jefe. El joven heredero enfila la proa de sus canoas hacia la isla mayor. Va en misión de conquista. A punto del encuentro, ocurre lo que no habían supuesto. En vez de pelear, Auki Himairo, llevando la mano derecha a su pecho, propone la amistad a sus rivales -taínos o siboneyes, que el cronista no puede precisar con certeza por carencia de válidas noticias. Ante la traición, los guerreros no reparan en que Auki Himairo es hijo del cacique. Y con el joven amarrado regresan a la Siguanea, en la isla pequeña del sur, que Colón nombrará después Evangelista, y llamarán más tarde Isla de Pinos, o Isla del Tesoro, o Isla de los Baños y por último de la Juventud.

El jefe, con el rostro y la voz distante, oye la

13

lengua escandalizada de sus guerreros. Cruza los brazos, y llama a Auki Himairo. Este, antes de que su progenitor vacíe su furia y decepción, le advierte, como explicándose:

-Padre, el hombre en paz es como un árbol en tierra llana: crece vigoroso.

Sin hablar, el jefe clava la lanza en el costado cordial de su hijo. Ha cumplido así sus obligaciones políticas. Pocos soles después, en el lugar donde cayó sobre la hierba el cuerpo del iluso aborigen, surge un surtidor de agua, caliente como la sangre y buena como los dioses para curar: los baños de Santa Fe.

EJERCICIO DE LIBERTAD

Tres carabelas se mecían lánguidamente sobre las aguas cálidas de la ensenada que bautizarán más tarde como de Cortés. En la San Juan, la Cordera y la Niña, el rechinar del cordaje y los palos se ampliaba como el único sonido bajo la comba de aquellos parajes nunca vistos por europeos. A pesar de que las faenas menos urgentes de a bordo habían recesado, la marinería sudaba. Y desde la borda de estribor, algunos hombres deseosos de sombra y aire fresco observaban por sobre el azul, que hería como un espejo, la línea verde y suculenta de la costa.

¿Será una ísola? A qué habrán llegado hasta estas tierras tan emparentadas con el averno por sus calores, si el Almirante ha decidido orzar y enrumbar hacia el sur franco donde sólo Dios sabe qué habrían de hallar.

Los comentarios quedaban en la oscuridad de las bodegas secretas de la marinería; se recataban de los recelos del mundo viejo que trajo a estos países las máculas del pecado original. El notario real iba registrando, de boca en boca, una declaración cuyos términos se repetían exactamente: Cuba no es una isla. Porque jamás nuestros oídos se han enterado de que haya en este mundo un ínsula con tanta longitud de más de 335 leguas de oriente a occidente...

El almirante, en la nao capitana, La Niña, sonreía con los dientes bajo cubierta. Había decidido no continuar costeando el litoral del sur de Cuba. Ignoraba exactamente que unas 20 leguas hacia occidente toparía con el punto final de esta tierra que huele tan dulcemente. Pero ya sabía que no era una península asiática y que después no aparecerá la India. Le interesaba, sin embargo, hacer creer por razones de alto mando -que ahora el cronista no se entretendrá en enumerar- que la geografía no es la que es, sino la que el Descubridor, en su segundo viaje, quería que fuese. En todo su tiempo, él había visto y puesto estudio en todas las escrituras, cosmografías, historias, crónicas y filosofía y de otras artes. Y por ende la misión que Dios le había mandado no podía reparar en torce-duras de la verdad y en melindres de conciencia, si deseaba rescatar almas y hallar oro con que comprar hasta el Paraíso. Hijos somos de lo feble; nadie calla, si no se le obliga a conservar en cofres lo sabido.

Casi dos años antes, cuando el navegar se hacía largo, casi sin fin, y la fe en el Almirante se perdía en aquella primera expedición, la marinería le era adversa. Y un Colón manso, aparentemente sometido, congregó a sus oficiales y los nombró responsables de la decisión de seguir con la proa puesta hacia el occidente o hacer girar aquesta flota casi media esfera. Sólo restaban seis días para avistar tierra aquel 6 de octubre del año del Señor de 1492.

-¿Capitanes, qué haremos que mi gente mal me aqueja? ¿Qué vos parece, señores, que fagamos?

Vicente Yáñez habló:

-Andemos, señor, hasta dos mil leguas, e si aquí no hallaremos lo que vamos a buscar, de allí podremos dar vuelta.

Hoy, la tripulación aceptó admitir cuanto Colón exigía. Saber, en verdad, los marineros y otros tripulantes no sabían, intuían tal vez, aunque Juan de la Cosa, el cartógrafo, asintió en la maroma del que calla, y promete, para sí mismo, soltarlo algún día cuando Dios provea el momento de delinear su mapamundi con todo cuanto vio y ha visto, y tratará de curarse en salud para seguir viendo. Michel de Cuneo, si algo barruntaba, callaría, pues su amigo Cristóforo le había enviado una misiva a Savona, invitándolo a explorar juntos el Nuevo Mundo más allá de la mar océana.

Todos por ahora mantendrán calladas sus dudas, su ignorancia o sus ciencias, porque el Almirante mandaba y la marinería obedecía por real pragmática, y si no fuese así, el bellaco que se atreviere a negarlo luego de haber firmado el acta, será sometido a una multa de diez maravedíes y, sobre todo, a nunca más hablar palabra de cristiano, pues la lengua, ese instrumento de tantas tentaciones malignas, le será cortada...

Viejo fantasma

El Cabildo de San Cristóbal de La Habana fue convocado para ver de legislar en este día sobre asunto de grave monta. No sabían –cosa común entre esta gente y la que le sucederá en los siglos por llegar- cómo proceder ante la insólita plaga que no respetaba ni la intimidad doméstica de los vecinos contaminándoles los alimentos, conservados del yantar del medio día para el atardecer, o picándoles una nalga, a pesar del recato guardado bajo sábanas so pena de pecado grave, en momentos de matrimonial carnalidad.

Nadie ha recordado que en otro momento de la breve historia de la villa, las hormigas hayan invadido el pueblo. Ni en el primer asiento, en el sur, diz que por la desembocadura del Mayabeque, aunque unos lo dudan afirmando que fue más al occidente, por el río Hondo, cerca de la ensenada de Dayaniguas, hacia 1514, bajo la advocación de San Cristóbal. Tampoco en el segundo o tercer punto previo al definitivo, a orillas del Casiguaguas, en los rápidos y saltos nombrados de La Chorrera, en el después poblado de Puentes Grandes, se registró un hecho tan hostil en una ísola de naturaleza tan pacífica. Y menos había ocurrido semejante invasión en el litoral de la bahía de Carenas, donde la villa permaneció definitivamente con el nombre que será la primera parte del bautismo del pueblo, a resultas de la unión de la gente que estaba en el sur y que se apareció en 1519. Ya la costa meridional, poco hábil para fundar puertos, no prometía nada tras la hazaña de Antón de Alaminos, al volver a España por el canal de Bahamas, ruta asaz peligrosa pero navegable, que empezaba a resaltar la importancia de San Cristóbal de La Habana para las operaciones de atender, mediante bastimentos y bisuterías, a cuanto esquife, carabela, galeón pasara hacia la península.

En la asamblea del Cabildo, tal vez alguno de los prohombres que discutían con cierta desesperación los asuntos de gobierno local quisiera someter a la mano alzada la iniciativa de un tercero o cuarto traslado, en poco más de cuarenta años. Pero a dónde, su merced, le preguntaría el resto de la corporación antes de aducir otras tamañas dificultades cuya solución, de no tenerse en cuenta el oro y el comercio, obraría contra los intereses de la villa.

-Tengan cordura vuestras señorías -dijo el de mayor rango golpeando la mesa a palma abierta. Llamadas a la atención, las cabezas circundantes previeron las enojosas evidencias de un traslado. Sería por ende una decisión exagerada, y muy pesada, frente el ataque de una plaga de minúsculos animalitos que podían caer por miles bajo la bota de cualquier transeúnte borracho de vuelta de una taberna, el establecimiento comercial más abundante de la villa, aun en años fundacionales como el de 1569, y que de acuerdo con cierto perito en noticias especiosas, un padrón elemental las llegó a reputar en una cifra mayor de ochenta casas donde el aguardiente se despachaba en botijuelas o vasos de barro cocido..

Hoy, en suma, el cabildo acordó la solución. Por lo que se oía en los rumores previos, no parece que se afanarían en inventar la fórmula de un insecticida letal, ni siquiera un conjuro que paralizara al diminuto enemigo que dañaba los sembrados, fatigaba a las bestias y agobiaba a las amas y residentes de casa. La burocracia, ya desde entonces, cuando no podía prohibir, improvisaba soluciones de papeleo o de importaciones de re-medios de más allá, por arriba o por debajo, de las costas cubanas. Y ansí resultó que para sanear el suelo hubo que mirar al cielo. De modo que el Cabildo echó suerte entre los Doce Apóstoles para que un soplo del Espíritu Santo, piadosamente invocado sombrero en mano por cada concurrente a la sesión edilicia, determinara cuál de los primeros seguidores de Cristo será el encargado de proteger a La Habana de las hormigas.

Hecho el escrutinio, la tarea correspondió a San Simón.

EL PRIMER ACTO DE LA BUROCRACIA

El centenar y medio de habitantes de San Cristóbal de La Habana no se volvían al mar buscando la plácida visión de un azul que, aun en invierno, copiaba con limpieza la afilada luz de esta isla. Cierta pesarosa incertidumbre les coloreaba el rostro al poner los ojos en lontananza, con las aguas calmas y luego sacudidas por el desenfreno de las turbulencias provenientes del norte.

Cuando se aproximaban velas, la ansiedad velaba en primer término a los vigías de la caseta blanca del Morro. Podían ser algunas de las naos que, en derrota hacia España, atracaban para tomar agua, leña, y otras provisiones, haciendo del puerto de La Haba-na el más cursado por las naves procedentes de las Indias occidentales, después de que en 1519, Antón de Alamino, el piloto que muerto Juan de la Cosa más sabía sobre las aguas del Caribe, descubrió la más breve, aunque más peligrosa vía para salir al Atlántico: el canal de Bahamas, y por él navegó secretamente, como escondiéndose, hacia España maniobrando una nave que no necesitó el lastre de las chinas pelonas, porque el oro que cargaba, enviado por Cortés a Carlos V, era suficiente a sostenerlo afincado en el mar.

Los habaneros también oteaban hacia sotavento previendo que quizás se recortara el perfil de los voladores bergantines de piratas o corsarios. La piratería paseaba entonces por su época de esplendor e impunidad. Diez años antes, el francés Jacques de Sores había asaltado la villa, tras desembarcar en la caleta de San Lázaro por la parte noroccidental de La Habana. El fuego abusó del caserío de guano y embarrado. Y el gobernador Angulo —según una cuarteta irreverente y apócrifa que nadie ha podido oír ni ver escrita- apenas les mostró el culo cuando azuzaba a su caballo en fuga hacia Guanabacoa, paraje poblado de indios que al estar del lado oriental de la bahía exigía la demorada andadura por el sur.

El Cabildo, por todo ello, se removía inquieto en sus taburetes este 10 de diciembre de 1565. Y en particular tenía en cuenta que este puerto, desde marzo, había sido nombrado base de operaciones de la conquista de la Florida, que encabezaba un hombre de robusto apellido, Menéndez de Avilés, y ya tal vez los ingleses debían andar lucubrando adueñarse de La Habana.

Empañaba sobremanera la paz de los ediles la existencia de un monte tupido que orillaba el litoral desde los límites del pueblo hacia el noroeste, y que sirvió a Sores en su ataque y facilitaría también la ruta para asaltar a la villa nuevamente sorprendiéndola por tierra. Y ante tamaña sorpresa pluguiese al Cielo que valieran los 24 arcabuces, las 50 ballestas, los nueve falconetes, la culebrina grande y el cañón de 47 quintales que convertían el Castillo de la Real Fuerza más bien en una fortaleza.

Qué hacer, se preguntaban los señores constituidos en concejo.

-¿Más vigilancia? –preguntó uno de los prominentes prohombres de la villa, de apellido Inestrosa, descendiente de los Rojas que gobernaron a Santiago de Cuba y que ahora lo hacían también con San Cristóbal de la Habana.

-A qué tanta... –repuso un andaluz de lengua sin rebaba, y siguió aduciendo que muchos en la villa se negaban a cumplir sus deberes con la milicia, o se dormían mientras aparentaban vigilar la costa.

-¿Talar el bosque?

-¿O poblar esa área hasta la desembocadura del río?

Estas eran quizás las iniciativas más a mano, analizadas por cabezas prominentes y preocupadas por sus intereses. Pero para ejecutarlas faltaban los bastimentos humanos y materiales. Y lo primordial: faltaban los permisos de la Corte. Las pragmáticas reales sobre la fundación y la expansión de las villas establecían sus fueros tan estrictamente que mientras los vecinos esperaban a que viajaran las solicitudes y se dispusieran a tornar tras las vueltas y las revueltas en Madrid, San Cristóbal podía desaparecer pulverizada por el odio de algún hereje inglés o algún corsario del cristianísimo rey de Francia.

La ísola de Cuba había nacido española bajo el signo del centralismo, entre los barrotes de acero toledano de la burocracia real. Y el Cabildo se veía obligado –damos fe, nos, el cronista- a adoptar el acuerdo menos complicado para los regidores: prohibir. El Cabildo decidió, por tanto, cerrar el camino natural que bordeaba la costa, en el espacio que ce-día la bajamar y el

monte hasta la desembocadura del Casiguaguas, llamado en castellano La Chorrera y también, años más adelante, Almendares, por el
obispo de ese o parecido apellido, Armendáriz,
ligado a esas tierras ribereñas. Ordenó el Cabildo, además, que bajo la pena de una multa de
500 pesos para gastos de guerra o de 100 azotes,
ninguna persona, por osada que fuere, podía residir, transitar, abrir senderos, cultivar y apa-
centar ganado en esa franja boscosa, que comenzó a llamarse El Vedado.

Un loco muy raro

El caballero Pierre de Franquesnay se despertó dispuesto a echar sus pulmones al mar. Era el segundo del señor De Pouncay, gobernador francés de la Tortuga. Situado a seis leguas de la costa noroccidental de Santo Domingo, ese islote era el refugio donde tenía asiento la Hermandad de la Costa, liga filibustera compuesta por hombres cuya vida oscilaba entre el viento, la soga, la espada y el lecho compartido con damas de cualquier linaje.

Dicho sin mengua de los oropeles otorgados por la monarquía francesa, Monsieur de Franquesnay practicaba otra profesión más provechosa y de más poder y prestigio. Su fama se asociaba en estas aguas a Grammont, Graff, Vanhorn, nombres que al ser voceados obligaban a persignarse a quienes los oyeran. La mañana de que hablábamos, comenzó a enrolar a su gente: unos 400, enumeraron ciertos historiadores; 800, contaron otros. Nadie pidió dinero por adelantado. Aún se regían por la norma de la chasse-partie, fórmula de distribución fundamentada -si de principios osara alguno hablar- en la única regla inviolable de la ética del filibustero: sólo habrá riqueza si hay presa. A veces bajaban de sus veleros, y entraban en la Tortuga, o en cualquier puerto impune del Caribe, cargando la liviana cruz del dinero sobre sus hombros o sus cabezas. Entonces los habituales portadores de la muerte, en vez del miedo alentaban la alegría de mujeres, taberneros y comerciantes...

Mientras se aprestaban, Franquesnay los observaba desde el puente. Partirán mejor vestidos que cuando atracaron semanas antes. Más gordos, menos pálidos. Se habían recuperado de la última campaña. Confiaba en ellos, como en sí mismo. Eran hombres que les daba igual estar vivos hoy y difuntos mañana; tampoco les inquietaba que ningún devoto encargara una misa, en caso de ser fieles a Roma, o murmurara una oración si fueran seguidores de Calvino, para que el tránsito hacia el olvido les fuera parco en maledicencias. El día más importante era el que cursaba, y los mejores zapatos, aquellas botas que calzaban hasta para dormir y cuyas fronteras de cuero desbordaban por momentos las rodillas o no pasaban de los tobillos.

El capitán decidió que ya era fecha y hora de hacer velas hacia Santiago de Cuba. Transcurría el mes de noviembre, aunque otros datos se refieren al de agosto del mismo año de gracia: 1677. Anclaron en una caleta situada a unas cinco o seis leguas a barlovento de la ciudad. Pretendían presentarse por tierra, puesto que por agua, en el interior de la bahía, los atacantes se podrían a merced de los cañones de los castillos de San Pedro de la Roca, La Estrella y Santa Catalina. El caballero Franquesnay dividió en grupos a su banda: unos andarían por delante, como de vanguardia. Cerca de la costa, contactaron con Juan Perdomo. Hombre ciertamente sucio, de roto atuendo, les pareció también un tanto deslucido de mente, porque, dicen crónicas apócrifas, que el criollo sacaba a veces la lengua, o miraba como embobecido las espadas y sables de los filibusteros.

-¿Sabrás llevarnos?

Perdomo dijo que sí haciendo aspavientos con las manos y la cabeza.

Evitando los descampados, discurrían por el monte entre árboles cuyos nombres no podían reconocer, porque ese inventario sólo interesaba a gente de paz. A veces, las zancadas aplastaban bejucos y otras yerbas rastreras. El grupo más avanzado se detenía cada cierto trecho, porque Perdomo se paraba, olía el aire, miraba a las nubes, y luego instaba a forzar el paso, aunque reteniéndolo de vez en cuando al llevarse la mano a la oreja.

Franquesnay, en cambio, andaba empeñoso. No tanto por la codicia, cree el cronista, como por la venganza. El año antes, el gobernador de Santiago de Cuba, Guerra de la Vega, se había negado a pagarle rescate por el gobernador y el deán de Santa Marta, puerto de las costas del sur de América. Posiblemente –pensaba- los hombres de la delantera ya podrían haber avistado el campanario de la catedral, el botín más llamativo entre las riquezas de la villa fundada por Velázquez. De pronto un grito: ¿Quién vive? La misma voz respondió: ¡Santiago! ¡Cierra España y a por ellos! El capitán se irguió, miró en torno y conciliándose con la sorpresa, mandó a disparar para el rumbo de donde había volado la voz de ataque. Tras los primeros arcabuzazos, los de enfrente respondieron. El humo empezó a cubrir el monte; blasfemias e insultos rozaban los árboles, y las balas y los sablazos picoteaban las ramas, y las gotas de sangre quedaban colgadas de las hojas...

Los relatos no son muy exactos, porque los que se atrevieron a contar los hechos, no en-tendían cómo de la quietud y la cautela pasaron los filibusteros, como en un tajo de espada, a una pelea a ciegas. Monsieur de Franquesnay halló un segundo para preguntar-se con quiénes habían topado; aquel grito de guerra español, de qué fuerza habría venido sin que ninguno de los grupos de la avanzada se percatara. Ordenó con voz violenta el fin del fuego. Los filibusteros se congregaron desconcertados: varios heridos; más de diez muertos.

El capitán y segundo de la Tortuga, reclamó enfurecido dónde, dónde estaba ese tonto, ese dementado guía. El silencio dio el informe exacto... No tan lejos, mientras repetía entonando a media voz Santiago, cierra España, cierra España, Santiago, iba Juan Perdomo por los trillos que desembocaban en la ciudad, a ver si topaba con el batallón que el gobernador habría podido alistar al oír los tiros.

Genealogía

El cronista fue agrimensor antes de medir y sopesar palabras. Entonces tenía 20 años, que sentía más jóvenes y libres practicando este oficio
bajo el sol, entre los árboles, junto a los ríos en
el fresco terreno de las vegas. Oficio cuyos orígenes se humedecieron en Egipto, cuando el Nilo
crecía y arrollaba las tierras aledañas.

No tan antigua es en Cuba la agrimensura, y
aquí habremos de repetir, aunque quiebre nuestra renuencia a lo obvio, que con los descubrido-
res desembarcaron el cura, el nota-rio y el soldado, además del abuso, la cruz y los discursos
políticos. Con la conquista, siguieron pisando el
suelo de Cuba esos mismos señores profesionales, que algunos fue-ron una bendición, sea dicho
justamente, porque un cura alertó apasionada
y razonablemente del gran pecado de la esclavitud; un notario registró las primeras palabras,
segundas promesas y acuerdos, también críme-
nes. Y, claro, los soldados invasores, como ha
sido habitualmente previsible, causaron los primeros mártires.

Según el parecer de ciertos escribanos, los agrimensores, especie de instrumentos del orden y
la justicia, recibieron el visto bueno como profesionales hacia el siglo XVIII, después de exponer
sus conocimientos de matemáticas ante el Cabildo, con un examen o mostrando un papel de

la Universidad de San Jerónimo. Ninguno de los
letrados ha osa-do decir que antes de esos años
no hayan existido mensuradores que, con dos
balizas y cualquier cáñamo, midieran lo que le
pertenecía a cada cual y lo que de vez en cuando
no le correspondía. Y aunque haya sido una
faena primitiva e imperfecta, presumible-mente
evitó más muertes de las habidas a partir de entonces en el litigio por la tierra.

Al estudiar la historia cubana de estos signos,
operaciones y fórmulas que nos acompañan
desde los inicios de la civilización, al cronista le
intrigó saber la verdadera historia y explicación
del enigma de la vara cubana, porque cuando de
Madrid llegó el patrón para reproducir en Cuba
la vara española, la copia resultó 12 milímetros
más larga que su matriz. No se pudo precisar
cuándo ni en qué espigón desembarcó la lucidez
en esta ísola que algunos han comparado con el
paraíso terrenal. Ni se conoce quién fue el capitán de esa extraña nao anotada como "insensa-
tez" en los registros de los puertos más acredita-
dos de la burocracia. Tampoco a este servidor le
ha sido posible precisar la fecha, ni los nombres
de los autores de tan inexplicable decisión, soterrados bajo legajos, o citados en algún texto de
los que firman ciertos especialistas engorrosos.

Como suele ocurrir, el abanico del tiempo desa-
lojó parte del polvo y de la paja, y la tradición
esparció las explicaciones más plausibles. Pre-
viamente, la confusión y la presunción se habían
encargaron de explicar un hecho desconcer-
tante. El acontecimiento, por nimio, careció de
insulares influencias políticas o comerciales. Y
rectamente juzgado basta saber que, por un

tiempo, entre los peritos rondó la especie de que aquel acto había sido una manifestación de infidencia.

-Estos criollos, siempre diferenciándose –decían los intransigentes. Porque de España, los cubanos no querían ni las unidades de medida.

Como hemos dicho, el suceso no tuvo consecuencias en lo político ni en la exactitud de las mediciones. Y ya podemos presumir que la mayor longitud de la vara cubana fue la consecuencia de un error. Pero nos figuramos que cuando algún experto en técnicas de mensuras, logró dilucidar la causa primigenia de la involuntaria cadena de errores, no había autoridad que fuese tan respetada como para modificar la costumbre de ver, en el sistema de medidas empleado por España, una vara cubana, esto es, una vara independiente de su patrón colonial.

Un día –por ahora innombrable, según hemos llegado a saber- se descubrió que quien debía disponer que se multiplicara el prototipo en decenas de cintas y reglas, para que los agrimensores trazaran sus poligonales alrededor de haciendas, hatos y corrales, no se percató de que la vara venía envuelta para protegerse de aguas y soles. Solo la miró con cautela. Y, sin más averiguaciones, cumplió con las obligaciones de su rango.

Don Bartolomé Lorenzo de Flores, reputado agrimensor con firma acreditada para certificar conocimientos, tampoco se dio cuenta de que su bastón, con autoridad de modelo, no había sido cortado al tamaño exacto de la vara enviada desde la Metrópoli. En efecto, el funcionario encargado del patrón oficial ordenó que se copiara lo que mucho después se supo era la longitud del estuche…

SOBERBIA IMPENITENTE

La nobleza y el dinero no prolongan la vida si la fiebre amarilla, el cólera o la viruela se les ocurre hacer una de sus habituales escalas en San Cristóbal de La Habana. Los cañonazos que bombardean el aire para matar a los agentes insalubres, solo sirven de tributo póstumo a los difuntos. Mientras, la lluvia se empoza en las calles agujereadas, y la Zanja Real, que abastece de agua a la ciudad, corre arrastrando las ocres embarcaciones de las bacterias.

Hoy ha muerto el capitán de fragata de la Real Armada don Juan de Acosta. Las campanas lloran al Capitán de la Maestranza del puerto. Y los astilleros interrumpen el golpear de sus masas y cortan el olor del alquitrán ante el deceso del ingeniero mayor de los navíos de su Majestad Católica.

La fecha permanecerá presente sobre su lápida: 16 de junio de 1717.

Las últimas órdenes de don Juan de Acosta especifican el sitio de su entierro, cuyo ámbito digestivo son en estos tiempos las iglesias. La muerte y las sepulturas suelen doctrinalmente emparejar los nombres de los seres humanos; enfriar las rivalidades; liquidar las deudas. Ningún vecino estorba a otro en su tumba. Y ninguna persona viva necesita pedir anticipadamente una cita a algún secretario celeste para

detenerse ante cualquier sepulcro, haya sido de
prohombre o de ministro, conde o guardia suizo;
tratante de esclavos o almirante. En ningún otro
instante de su vida, que se haya sabido por noticias llegadas a nosotros, don Juan de Acosta había actuado con modestia. Pero pidió en el trance
supremo que lo sepultaran bajo el piso del atrio
a la entrada de la ermita del Potosí, en la frontera villa de Guanabacoa.

Quién podrá allí evadir, en puesto tan alzado,
la losa de mármol con letras de oro. Decidió que
los peregrinos lo pisotearan, a él, que nunca to-
leró igualdades, ni se permitió benevolencias
con inferiores. Y dictó una inscripción con la cual
intentó mostrar lo efímero del poder y la riqueza, aunque no ha podido averiguar el cronista si esas letras pergeñan la última o la única
broma del personaje, o responde a una arraigada
convicción cristiana.

-Cuán edificante será esa eternidad de humi-
llaciones –comentan ante su cadáver los deudos,
el cura y el escribano.

Al mirar abajo, el visitante de la capilla sabrá
a quien ultraja: al jefe que fue de "este puerto" y
"constructor de vaxeles" de su Majestad Católica. Pero fiel a su rango, ni la humildad bajo la
cual reposará su huesa será asumida sin subas-
tarla sobre un precio de orgullo. Su epitafio im-
pedirá que los que allí entren gocen en paz del
privilegio de poner las plantas sobre la tumba de
señor tan opulento y condecorado. Porque en su
losa estas letras habrán de advertir sobreco-
giendo el ánimo:

Pasagero que oi me pisas,
Párate a considerar
Que has de venir a parar
En ser como Yo, cenizas.

En la oscuridad

Imprecan el obispo y sus curas; maldicen los señores y las señoras de La Habana. La ciudad ha caído en poder los herejes. Si el rey no hubiera menospreciado las recomendaciones del capitán Francisco Calvillo y Avellaneda, de fortificar en 1581 la loma del lado norte de la bahía, la Cabaña no habría servido a los ingleses para asediar y rendir al Castillo del Morro, desde donde La Habana, despejada e inerme, era blanco de los cañones del Conde de Albemarle y Sir George Pocock.

Los días, sin embargo, van pasando y el hábito de convivir se adapta a la presencia y las normas de los nuevos amos. Un inglés para los habaneros de 1762 es algo más que un extraño. ¡Es un extranjero! Un ser desconocido que tienta la curiosidad local por que promete más que los ya conocidos, y que en estos instantes roba aquí, allí, a título de vencedor. En consecuencia, las relaciones, el trato, las transacciones, como siguiendo inevitable rumbo, se multiplican velada o abiertamente.

Las mujeres son las más francas. Algunas se abandonan a un súbito y ardiente amor por algún invasor de casa roja y peluca blanca, y las hijas de Roma se casan con los fieles de Canterbury. Católicos y anglicanos, caminan enlazados hacia el altar.

Otras damas se ahorran la ceremonia y, en un acto no exento de la cristiana práctica de dar de comer al hambriento, acompañan la soledad del invasor valiéndose de cualquier sitio oscuro. Y un poeta anónimo, criolla voz de la chacota, archiva aquellos apareamientos en una cuarteta que pregona la verdad de una historia cotidiana en la que la gente ha de comer, beber, y vivir el día.

Las muchachas de La Habana
No tienen temor a Dios,
Pues se van con los ingleses
En los bocoyes de arroz.
Mientras, la Santa Iglesia condena, y los señores y las señoras maldicen.

Isleños calumniados

El choteo y la injusticia contra los isleños pervivieron a veces en una tradición que se distinguió un tanto por la perversidad y otro tanto por el don parlotero de la cotorra. Todavía el cronista, en su niñez, escuchó esta cuarteta: "El gobernador del Cayo/ ha ordenado con empeño/ que quien no tenga caballo/ se monte en un isleño".

Tal vez en el fondo de esta animadversión haya alumbrado la fosforescencia rebelde de muchos cadáveres de isleños renuentes a ser oprimidos. En la memoria oral todavía puntea su historia esta décima: "Doce vegueros de acción/ terminaron su destino / colgados del camino / de San Miguel del Padrón. / ¡Maldita la explotación / del Estanco del Tabaco, / que después de un gran atraco / sangre veguera pedía, / pero ha de llegar el día / que la ambición rompa el saco"!

¿Bruto era el isleño, dice usted? Pregunto o me preguntan para poder proseguir esta crónica familiar. Y respondo con lo que sabemos. La canaria Catalina Hernández construyó el primer trapiche productor de azúcar de caña en Cuba; y más de doscientos años después, un hacendado de origen canario, el conde de Jaruco, don Joaquín de Santa Cruz y Cárdenas, fue el primero en utilizar la máquina de vapor para mover las mazas del Seybabo, ingenio de su propiedad. Aunque la inversión fracasó, dos décadas más tarde el vapor comenzó a sustituir la energía animal. Ambos, sin embargo, son excepciones, hitos extremos de un curso histórico, porque entre la primera y el segundo, y más acá, el común de los inmigrantes canarios no mezcló su suerte con la fabricación de azúcar, ni con la minería ni la cría de ganado. Se dedicaron a la agricultura menuda y al tabaco.

Afortunadamente aún se conserva el nombre de uno de los primeros canarios empeñados en el cultivo de la hoja mágica. Los fumadores debían tal vez santificarlo y rendirle culto en el humo azulenco que sube a los cielos desde el incensario de un habano. O los fabricantes torcer un puro que perpetúe, en la mejor breva, la identidad del isleño que comenzó a acumular la sabiduría agrotécnica que honra a Cuba y a las Canarias. Se llamó Demetrio Pela. Y su pericia se desenvolvió bajo el magisterio del indio Erio-Xil Panduca.

También sabemos que no es todo… Silvestre de Balboa Troya y de Quesada, oriundo de Gran Canaria, anunció dentro de estrofas clásicas, los lances formadores de lo cubano en la literatura. Espejo de Paciencia –compuesto en 1608, y estructurado en dos cantos y 145 octavas reales– no es un poema trascendente por su intrínseca propiedad estética. Expresa la incipiente asimilación, la lenta interiorización de la naturaleza y la vida criollas en la conciencia social de la Isla. Y perdura como acta de alumbramiento del diccionario autóctono de la flora y la fauna de Cuba.

Demetrio Pela, maestro del veguerío, y Silvestre de Balboa, primer criollo con paciencia bastante para escribir un poema tan largo, conversan sobre aquel descrédito moral e intelectual echado encima de los isleños. ¿Brutos nosotros, Demetrio? Y mientras Silvestre caza un verso sobre una hoja de yagruma, Demetrio lo envuelve en el humo del futuro "cazador" que enloquecerá al mundo, aunque el cronista, uno de sus nietos, no fume.

Castigo divino

La maldad del conde Barreto reventó la bolsa cuando, en una Semana Santa, obligó a trabajar a negros y técnicos en un ingenio de su propiedad, nombrado como su apellido y ubicado en las afueras del poblado de Managua.

El cura persuadió al administrador para que convenciera al hacendado de revocar orden tan sacrílega. El conde, de quien se rumoraba que en sus horas de furia azotaba a un Cristo pegado a su cruz en escala humana, mantuvo irremovible su voluntad de proseguir la zafra.

Jacinto Tomás Barreto y Pedroso fue hombre prominente. Regidor de la villa y alcalde mayor provincial de la Santa Hermandad, especie de policía. Era, sobre todo, un hombre rico. Había nacido en la Habana en 1718 y procedía de una familia cuyo linaje se em-palmaba con los Barreto de Lisboa, tronco de un apellido lusitano con el que rutilaron obispos y generales.

Don Jacinto, que en 1786 había tramitado un Real Despacho que lo legitimaba como conde de Casa Barreto, inscribía a su nombre dos ingenios azucareros y tierras, muchas tierras para la crianza de ganado y el cultivo de la caña y el café.

Le abundaba, sin mengua ni desdoro de su fortuna, la fama de agrio, caprichoso y cruel. Habría que oír a sus esclavos luego de un bocabajo meticuloso, exhaustivo, aplicado con gusto y por gusto. Posiblemente, la desaparición de su cadáver haya sido el castigo a tanta maldad. El 21 de junio de 1791, negros domésticos velaban el cuerpo de su atrabiliario señor, en la casa solariega de Puentes Grandes. Detrás del ataúd, el crucifijo familiar del tamaño de un hombre cristianizaba la memoria del aristócrata, fallecido por enfermedad. Coincidentemente, el temporal más tarde nombrado de Barreto, palmoteaba esa noche sobre La Habana y sus parajes aledaños.

Los ríos acaudalaron sus corrientes. El Almendares arrastraba ramas, basura, reses ahogadas. Y empezó a represarse bajo las luces estrechas del puente, cerca de la casa del conde. Con un estruendo, las aguas se liberaron, y arrumbaron casas, enseres, plantas, piedras... El Cristo resistió. Pero el sarcófago emprendió una travesía sin timón, ni bitácora, ni puerto de atraque.

A ninguno de sus conocidos le extrañó ese destino. Porque, aquella vez en el ingenio, al finalizar la Semana Mayor, tan sacrílegamente violada, sobrevino una catástrofe. La tierra, desmoronándose en áreas del batey, sepultó a varias instalaciones de la fábrica...

-¡Castigo divino! –dijo el cura.

Y más adelante, esclavos y vecinos confirmaron:

-¡Es la Mano de Dios!

LOCURA EN EL PÚLPITO

Las fechas se escurren en las mismas tinieblas que levantaron su carpa en la cabeza del padre Garriga. Los papeles hasta hoy consultados no dicen mucho más de cuanto el cronista ha podido reunir. Y quedan con la boca abierta las preguntas de en qué fecha, en qué día tan singular el sacerdote se encaró a un nuevo destino del cual nunca fue consciente, ni siquiera para aceptarlo con un Deo gratia de acatamiento.

Debemos, por consiguiente, para aproximarnos al tiempo de esta historia, tener en cuenta algunos detalles. Los anales recogieron que los inicios de la psiquiatría en Cuba se remiten a la primera mitad del siglo XIX. Hacia 1804, se estableció por primera vez en La Habana la Casa de recogidas donde se recluían a los dementes que deambulan por las calles, acosados por el miedo de los transeúntes y la burla de los muchachos que gritaban ese conocido sonsonete de ahí viene el loco, el loco, el loco…. En 1824, también se internaban en el hospital de San Lázaro. Y entre 1833 y 1864, los enfermos mentales de uno y otros sexos se recluían en el hospital de Mazorra.

Considerando estos antecedentes, y las escuetas noticias provenientes de La Habana, que desde entonces rectoraba la cronología de esta isla, resulta más o menos atinado suponer que

41

si el padre Garriga fue internado en un manicomio en Santiago de Cuba, estas incidencias personales de un hombre de Dios hayan transcurrido en los tiempos del decimonono siglo.

El padre Garriga -según la única fuente que el
cronista ha encontrado- era un canónigo ilustre
de la catedral diocesana, erigida en 1522. Ver-
sado quizás en teología y en derecho canónico, lo
más probable resulta que fumara algún arcabuz
enrollado manigüeramente, o un habano refi-
nado mientras leía las horas en su breviario. Posiblemente, a falta de otros datos, profesaba alguna asignatura en el seminario de San Basilio.

De acuerdo con la atmósfera documental de
aquellos años, la vida discurría plácidamente
para los hombres de iglesia; una polémica, entre
los límites de la caridad, por algún punto de doc-
trina; tal vez, una imperceptible molestia por la
promoción del padre Tal, tan cercano al señor
Obispo por su tendencia a hablarle cerca de la
oreja derecha. Quizás, el padre Garriga nunca
habría sufrido ni siquiera una tentación demasiado ardiente al ver el escote atrevidísimo de la
señora de Más Cual cuando le suministraba la
sagrada Forma en la misa. Nada inquietante, a
fin de cuentas. Y por esas razones, que los datos
generales de la historia parecen avalar, uno no
se explica por qué el señor canónigo terminó, de
pronto, en un manicomio.

El cronista no puede imaginar que un sacerdote con derecho al título de monseñor y una
cinta rematando con rojo las costuras de su sotana, reaccionara de manera tan incomprensible
cuando, durante una festividad en la santa iglesia catedral, según podemos suponer, aunque no

le tocaba pronunciar la homilía, el obispo lo instó a predicar siendo, presumiblemente, uno de los dos concelebrantes de su Ilustrísima.

Subió lentamente al púlpito. Desde lo alto, observó la nave central atestada de fieles. Silencio. Algunas señoras de las sillas delanteras se abanicaban como para disimular su extrañeza. Otros fieles pensaron, los más zahoríes, que era un efecto teatral del predicador. El padre Garriga sentía las mandíbulas clavadas; le temblaban los labios. Suponemos que el público ejerció tal impacto que por unos minutos continuó callado ante la asamblea que lo miraba ya inquieta por la posición hierática que había adoptado el reconocido sacerdote.

¿Qué órgano de su cerebro se le habrá atrofiado: el intelectual, el instintivo o el afectivo, según la frenología de Franz Joseph Gall, todavía vigente en ciertos años de la segunda mitad del XIX? Qué diagnóstico podría hacerse si pasada su parálisis, el padre Garriga bajó atropelladamente los breves escalones de la tribuna sagrada, y corrió por el pasillo central mientras se despojaba de la casulla, la estola, los amitos, el cíngulo y el alba…

Salió a la plaza de armas y entre gritos y palabras incoherentes comenzó un culebreante recorrido por las calles más céntricas de Santiago de Cuba. Los perros ladraban, y los transeúntes volteaban la cabeza para observar alelados la carrera de aquel cura, y luego remachaban una explicación: No le queda bien a un sacerdote andar tan deprisa… Lo recogieron inconsciente sobre el suelo, encogido como un feto.

Tras varios consejos, los médicos del manicomio aventuraron una etiología probable: habituado a aprenderse de memoria los discursos en los sacros eucologios, su elección como predicador sin previa advertencia lo sorprendió de modo que ni siquiera pudo acudir a cualquiera de las fórmulas con que se afrontaría un trance surgido de improviso... Quizás eso creyeron los especialistas de entonces, y eso mismo suscribe el cronista hasta tanto algún papel esclarezca el malaventurado final de la carrera del padre Garriga, canónigo ilustre de la catedral de Santiago de Cuba.

La opinión de un alcalde

El sabio que andaba descubriendo por segunda vez a Cuba para los europeos, había desembarcado en el sureño surgidero de Puerto de la Boca. Luego, sobre la corriente del Guairabo, que bajaba de salto en salto de la cordillera, subió hasta las faldas de la Vigía donde dormitaban las glorias solitarias de la cuarta villa fundada en la Isla unos 280 años antes.

Al saber los pobladores que Humboldt había llegado a Trinidad, sacaron de sus arcones los vestidos reglamentados por las luces de salón. Aislada, sin apenas más medio de acceso que el barco, la ciudad, ante cualquier visitante, echaba al aire el tintineo festivo de su habitual modorra.

En esta ocasión, el nombre del recién llegado arrastraba una cauda de créditos científicos. Humboldt sabía también donde había desembarcado. Trinidad ardía en las calderas de sus nuevos ingenios, porque las ilusiones tenían entonces el sabor del azúcar. Y el valle aledaño, verdeante imagen de unción bucólica, comenzaba a flotar entre el humo de la riqueza, frente al mar y de espaldas a la sierra de Guamuhaya. Las palabra más comunes en esos días, cuando se referían al barón alemán, eran sabio, inteligente, exquisito, único, notable... El Barón había llegado a La Habana proveniente de La Guaira, Venezuela, y había planeado recorrer a

Cuba durante tres meses, entre diciembre de 1800 y el año del Señor que cursa.

Al marcharse de Trinidad, el sabio dejó allí una silla y una cama que ya nadie jamás podría ocupar.

Un personaje, sin embargo, dudó de las certezas y de las emociones de su pueblo. Fue el alcalde, cuyo nombre y biografía el cronista no hace públicos por respeto a la autoridad. Cualquier funcionario podría sentirse acusado como descendiente de esa edilicia estirpe, y ofenderse en las ínfulas de su dignidad.

Unos días después de la partida del viajero, el alcalde escribió al Capitán General Marqués de Someruelos. Entre otros pormenores, criticaba a los trinitarios por habérseles derramado la baba llamando al teutón con elogios tan inusuales y tremendos. Y aducía este argumento, como para recabar el apoyo del Capitán General: Cómo, excelencia, puede ser inteligente, sabio y culto un hombre que todo, en suma, lo preguntaba y lo anotaba. Diga, señor, si a fe mía no se les fue la lengua a mis paisanos...

El tesoro del Mallorquín

Todavía algunos creen ver a Pepe el Mallorquín por las calles de Santa Fe, la segunda en importancia, pero la primera por su fundación en la Isla de Pinos. Desde 1823, el cuerpo del Mallorquín desapareció en un sitio aún ignorado, pero su presencia parece custodiar sus tesoros, tan secretamente enterrados como el cadáver del fantasma que lo ronda, tal vez cerca del lunar de monte tupido, entre palmas barrigonas, bejucos y rala manigua, donde se malparaba el rancho que el Mallorquín habitaba con la Vinajeras.

El Mallorquín fue un pirata menor. Parece haber estado comprendido sin nombre en un mensaje del presidente James Monroe, convocando la cacería contra esos bandidos, señores de embarcaciones y botes sin porte "que no se divisan a la distancia y que se esconden en las pequeñas ensenadas de Cuba o de Isla de Pinos". En 1821 deambulaban por los mares azules y broncos de Caribe y el Atlántico unos 2,000 piratas, cuyos cofres de saqueos y destrucción de propiedades atesoraban 20 millones de dólares, con la consecuente crisis en las compañías aseguradoras.

Las actas históricas atestiguan que el Almirante David Porter encabezó una flotilla compuesta por los bergantines Enterprise y Spark y las goletas Shark y Porpouse y Gampus. Inglaterra y España sumaron sus fuerzas a esta especie de safari marítimo. Las cuentas resultaron muy favorables a las potencias: la marina norteamericana capturó o destruyó 79 barcos, 62 cañones y 1,300 bandidos; la británica, 13 barcos, 20 cañones y 291 hombres, y la española cinco barcos y 150 piratas.

Entre tanta gente de mar y de mal cayó seguramente Pepe el Mallorquín, bajo el crujir de los cabos y el palo mayor de La Barca, su barco. Se llamó en el nacimiento José Rives, cuyo apellido figura entre los fundadores de Santa Fe. Al Mallorquín se le recuerda con el ropaje de los bandidos buenos. Aunque nacido en Mallorca, se vinculó a la Isla de Pinos, por ese tiempo descuidada por España, y se erigió en protector de sus habitantes. Ninguno de sus socios de piratería podía robar a ningún pueblucho o establecimiento pinero. Tal vez por ello, el Mallorquín pasea todavía por las calles de Santa Fe, y algún iluso aún tantea la manigua buscando el tesoro escondido de ese pequeño pirata que en La Barca nunca dispuso de más de un cañón, que le fue suficiente, según los vientos de la historia y de la leyenda, a su coraje, habitualmente activo y salado.

Con la inseguridad del que ha olvidado algo que no debe olvidar, el Mallorquín le recordaba a su tripulación que cuando él muriera se aseguraran de que estuviera verdaderamente muerto y lo llevaran a descansar en los brazos de Rosa Vinajeras. Por esos bosques, cerca de las paredes medio derruidas y mohosas de una antiquísima iglesia, entre bejucos y ramajes, donde dicen que comenzó Santa Fe, tal vez Pepe el Mallorquín, ha dejado creer que el pirata tiene cerca su mejor tesoro, el único que podemos buscar con la posibilidad irremediable de hallar: una mujer a cuyo lado pasar todo el tiempo de los difuntos.

EL PRIMER VIAJE DEL DIABLO

El agua, el humo y el ruido se concertaban en la estación de Garcini para dar la razón a cuantos argumentaban que el progreso pertenecía a la jurisdicción del diablo, cuya presencia más visible, audible y palpable había adoptado forma en la negra armazón de la Rocket, locomotora de vapor Stephenson, montada sobre diez ruedas y con una chimenea tan alta como la torre de un ingenio.

Había amanecido lloviendo el 19 de noviembre. Pronto, a las ocho horas, la máquina empezará a tirar de cinco coches para inaugurar, hasta Bejucal, el primer tramo ferroviario entre La Habana y Güines.

Hacia 1837, los caminos de la Isla estaban poblados de huecos, quejidos, maldiciones, bandoleros. Iba a tensarse, con el camino de hierro, el primer hilo de una red que unirá a las ciudades más emprendedoras y facilitará a la caña de azúcar llegar desde lejanos campos a los trapiches; luego, transformada en grano, rodará sin esfuerzo hasta el puerto de embarque. Cierto orgullo les subía el mentón a los primeros viajeros: antes que Cuba, solo seis países habían trazado las paralelas del ferrocarril. Entre ellos no estaba España.

Muchos habaneros temblaban ante la Rocket y su piafante caldera. Unos, agoreros de domingo, prometían una explosión o el fuego. Y otros los secundaban con los deseos y las oraciones, porque el ferrocarril les arruinaría negocios tan lucrativos como el servicio de carretones y coches, la navegación de cabotaje, la trata de esclavos...

-No, no; ni pensarlo – dijo don Miguel Tacón una mañana. Miró al través del ventanal de su despacho: el aire llegaba del noreste con cierta refrescante gracia. Ante su vista, la acuarela del mar, de un azul íntegro y quieto, no modificó su decisión.

El capitán general de Cuba se opuso a la propuesta de varios hacendados criollos, representados por el intendente de hacienda de la colonia, Claudio Martínez de Pinillos, conde de Villanueva y oriundo de Cuba. La disputa, tras un tiempo que podía ser breve si nos atenemos a la lentitud de la época, terminó a favor de lo que por una cara mostraba el progreso de la modernidad y, por la otra, exhibía intereses que, al ser más liberales, anunciaban mayores ganancias. Pero los poderes omnímodos del capitán general tuvieron un tope. No demoró en bajar las escaleras del Palacio con ojos sañudos, áspero an-dar, voz poco dable a la emoción. Desde Madrid habían solicitado su regreso, y su silla, bajo el dosel real, acogió otra espada más contemporizadora, que aceptó que los intereses económicos suelen prevaler sobre los políticos. Y las paralelas empezaron a cubrir el primer tramo.

Esclavos y peones traídos desde los Estados Unidos, además de isleños contratados en las Canarias y reclusos enviados desde la metrópoli, picoteaban la tierra abriendo la línea de la rasante; otros la volteaban con la pala; y atrás, los más recios alzaban raíles, cargaban traviesas, apisonaban tierra y piedras.

Ante la indiferencia del ingeniero jefe, el norteamericano Alfredo Krugger, los más habituados al ejercicio de la libertad habían botado la comida el primer día. En las siguientes jornadas la comieron. Quién podría trabajar dieciséis horas, sin tragar aunque fuese aquel rancho que ninguno de los forzados comensales le reconocía condición de alimento, y con un salario que no admitía gastos superfluos. Centenares habrán de morir durante los tres años que necesitará la vía para empatarse con su destino final. Algunos se sublevaron; otros abrieron las tranque-ras de la deserción. Por las calles pululaban, estirando la mano, trabajadores del ferrocarril y sus familiares...

Ochenta minutos más tarde, el viaje inaugural terminó. Los setenta pasajeros que apostaron al progreso y desafiaron lo desconocido, sacudiéndose innecesariamente la chaqueta bajaron salvos en la estación de Bejucal, después de haber recorrido 27,3 kilómetros y pasado por Vento, Mazorra, Aguada del Cura y el Rincón. En el andén se saludaban y felicitaban por tan rápido viaje. El próximo año llegaremos a Güines, habían dicho re-presentantes de la empresa.

Algunos viajeros, en cambio, calificaron la velocidad de endemoniada e insegura.

-Figúrese, señor, cuándo se ha visto eso. Diga usted.

La Rocket había volado bajito: a 21 kilómetros por hora.

Matanza ilegal
y uso indebido de carne

Por entre la aglomeración de cocineras y esclavas domésticas, en la Plaza del Vapor sal-taba
la especie que promovía el nuevo ingrediente
para los potajes y el caldo gallego, platos tan va-
porosos, tan suculentos y macizos. Canasta al
brazo y la cabeza envuelta en un pañuelo punzó,
una negra casi arqueada hacia delante por la es-
teatopigia que le conformaba nalgas tan empi-
nadas como la loma del Príncipe, le hablaba a
una cofrade de intramuros que no había en La
Habana nada como los chorizos del Genovés,
señá. Y dígalo; son lo mejore de esta siudá.

Sin nombre exacto que lo hiciera un sujeto
identificable para los investigadores, el Genovés
llegó a este puerto de San Cristóbal con el mismo
propósito de muchos de cuantos desembarcaban
aquí entonces: apañar fortuna u ocultar culpas.
Se sucedieron días, semanas, quizás meses de
adaptación, de andar conociendo y averiguando
los modos de subsistir en colonia tan próspera y
también tan rígida en sus leyes y controles. Algo
se enteró de otros extranjeros presuntamente de
su mismo lar de origen. Quizás supo de la fortuna de Marco Pitoleto, que en el Cusco, por los
repuntes más cercanos de las lomas de Vuelta-
bajo, próximo a Candelaria y Cayajabos, había

plantado en su cafetal miles de árboles de cacao... Y sobre las alturas hacía producir en consorcio los frutos matrices de dos bebidas nobles y deseadas que hacia el siglo XVIII habían empezado a competir en el gusto de los criollos.

El Genovés, que italiano parecía ser por el gentilicio que nos lo recuerda, alquiló los soterrados que un tal Michel había horadado en la calle Ancha del Norte, llamada después de San Lázaro, para esconder mercaderías trasegadas por el contrabando. Ubicada en extramuros, la zona facilitaba tanto los amores turbios como las operaciones ilícitas. Y el Genovés montó allí su manufactura de chorizos.

¿Qué inquietó al barrio? ¿Pudo alguien sospechar de un negocio que convertía a cualquier boca en puerto amigo de los chorizos hechos en fábrica tan metida bajo tierra? Tal vez la inquina, el celo, la envidia, patentes de libertad para denunciar o agraviar a otros ante un sistema de justicia que condenaba, a falta de culpable, al que había sido testigo si se quedaba distraídamente cerca del lugar del crimen.

Un día no localizable, el celador del barrio, acompañado de una dotación, irrumpió en aquellos sótanos y apresó al industrioso italiano. El registro policiaco descubrió una fosa donde reposaban los huesos de varias personas desaparecidas en los últimos meses sin causa explicable. Los interrogatorios convencieron al Genovés que una confesión aliviaría los dolores físicos de sus ya inminentes últimos días. Y las actas recogieron el modo de operar del criminal. Primeramente introducía a la víctima de turno en el sub-

terráneo, bajo cualquier pretexto de índole comercial. Y luego la asesinaba. Al parecer, era
menos trabajoso que cebar puercos, como se es-
tilaba en algunas casas de La Habana.

En la Plaza del Vapor, ningún cliente evitaba
referirse al suceso más actual y escanda-loso en
la bulliciosa ciudad. Una negra doméstica, que
se había derretido en alabanzas sobre el olor y el
sabor de los embutidos del Genovés, decía a la
comadre que le comentaba el suceso:

-No me lo recuerde, señá. Por Dio. Se me re-
vuelve la barriga.

Ya todos lo sabían: con la carne de los finados,
el Genovés rellenaba sus chorizos.

EN MANOS DE LUTERO

Allí, como en otros parajes de la isla, los ricos no vivían en paz. Las cuadrillas de asaltantes asediaban a tierras habitualmente afortunadas, sin que la justicia y el orden los importunaran en su faena de despojar viandantes, secuestrar víctimas adineradas, robar ganado.

Un ferrocarril que partía de Júcaro, en los alrededores de Cárdenas, se adentraba hacia el sur hasta la llanura de cafetales, ingenios y potreros donde hacía poco se había fundado Nueva Bermeja, con unas diecisiete casas que después se multiplicarán con el nombre de Colón. Altamisal quedaba próximo, un tanto al noroeste, a orillas del camino de hierro, y con el tiempo se irá rezagando hasta derivar en un caserío. Pero entonces le colgaba la fama de cierto esplendor y se atribuía parte de la prosperidad de ese paisaje donde la luz obligaba al sombrero ancho, y los llanos se perdían entre vapores y palmas reales. Zona muy fértil en los llanos meridionales; más hacia el norte, era baja y fangosa, aunque favorable al ganado y al arroz.

Un día del siglo XIX que los anales no recogieron en mes y año, los agricultores, ganaderos y comerciantes se reunieron para decidir las tretas o señuelos que podrían utilizar contra la impunidad de los bandoleros. Desecharon recurrir a las autoridades. La tolerancia de los capitanes generales ante el latrocinio y la indisciplina, era por momentos un régimen cómplice de los delincuentes y no solo un resultado del error o de la indiferencia. Al fin, acordaron un acto un tanto audaz. Y convocaron, para llegar a un arreglo, al bandido más célebre por su eficacia en el saqueo y el prestigio entre sus secuaces y congéneres.

¿Es posible un pacto entre caballeros y bandidos? A esa pregunta los desesperados personeros de Altamisal respondieron afirmativamente.

-Hay que darle al malvado una oportunidad –dijo el hombre más caracterizado y tanto más adinerado de la asamblea.

-La confianza regenera al pecador -añadió el cura.

El capitán de la partida dudó. Le pareció extraña, casi una trampa la cita, pero a tanta insistencia de querer conversar y tan ciertas y fiables las garantías de que nadie estaría armado y mucho menos habría guardias civiles, se personó en Altamisal sin abandonar sus armas, aunque, a petición de los señores, asistió solo. La cara barbada y hosca; el sombrero de ala ancha, deslucido por las lluvias; la ropa maloliente y calzado con botas hasta las rodillas que lo hacían andar como trasijado. Durante la conversación de vez en cuando escupía pedazos del "mosquete", tabaco vulgar torcido con propia mano, que llevaba fijo en la boca. Luego, al oír la oferta de aquellas personas de tanto quehacer y lustre, le pareció mucho más extraño el deseo de los señores.

-Es increíble que vuestras mercedes me ofrezcan esa ganga. La acepto, porque no será culpa mía si algo sale mal.

Y lo invistieron de poder, con un salario grueso, para que al frente de una fuerza persiguiera a los bandoleros que intranquilizaban la vida de las personas honradas.

Todo resultó entonces mucho más productivo e impune para el acreditado bandolero, cuyo nombre no aparece en las crónicas para salvaguardarlo de la infamia póstuma. Eligió a varios de sus antiguos camaradas como ayudantes, y los demás abandonaron la comarca: el miedo a su nuevo enemigo los ahuyentó hacia fundos lejanos. Y él ya no robaba caballos: los escogía de cualquier cuadra, cualquier cuartón, autorizado por los hombres de más riquezas en aquella zona, con una cédula que justificaba el ejercicio de la arbitrariedad.

-Son para avituallar a los agentes de la ley – decía a los aterrados monteros mientras su mano derecha descansaba sobre la funda del revólver.

Ya no robaba ovejas, ni cerdos: les imponía un impuesto.

-Soy, señores, la autoridad.

El ex bandido devino potentado señor del campo. Tierras y dinero le sobraban allí mismo, donde se había prevalido del poder otorgado por cuantos lo contrataron. Murió en su cama.

Acta de intolerancia

Yo, Elena Echerri, leo esta carta, y luego, entre lágrimas, me mantengo en la cama durante dos días. Pienso. Y no encuentro asidero para justificar el hecho. Ni circunstancia, ni interés, que pudieran atenuar lo que considero una falta de decoro y de dignidad. La viuda de un mártir no puede hallar más esposo, ni más apoyo, que Dios. Su alcoba, su lecho, siempre en solitario, deben ser el templo de su llanto.

Jamás otro varón podrá profanarlo. Bebo una tizana de tilo endulzado con miel. Y vuelvo a leer la carta en que Micaela del Rey, viuda de Armenteros, me comunica desde Cienfuegos que se casará nuevamente.

Sí –me digo más calmada-, su matrimonio es un ultraje. Feo y escandaloso.

Han transcurrido solo cinco años de aquel 18 de agosto de 1851, cuando en Mano del Negro, Trinidad, fueron fusilados Isidoro Armenteros, Fernando Hernández Echerri, mi hijo amado, y otros compañeros de conspiración. Su delito: la causa más santa: la independencia de Cuba.

Unas lágrimas me tapian los ojos y el recuerdo. Tomo papel; mojo la pluma de ganso en la tinta. Y resuelvo definitivamente aquel acto de ingratitud.

Escribo cuanto he meditado en la cama. Sello la carta con una sentencia irrevocable:

"Jamás agraviaré al que mezcló su sangre en el patíbulo con el hijo de mis entrañas, dándote otro nombre dejas de ser mi compañera de desgracia."

Una línea antes, mi justa sentencia ya había quedado escrita:

"Quedamos separadas."

DUELO EN EL PELADERO

Ningún papel ha dicho si decursaba el día o la noche. Los que construyen la historia no son videntes, brujos que invocan y resucitan el pasado; más bien escribas estrictos, apegados a los datos, renegados de la imaginación. Si un poeta hubiera estado presente, los apuntes habrían trasmitido la tensión, la humedad, la recia exaltación de aquel hecho cuyo escenario tenía un nombre adecuado a la jornada: loma del Peladero. Sitio desolado, cerca de Guantánamo; también más próximo a la soledad de las nubes.

Los dos contendientes se observaban. Los hombres de ambas fuerzas se apartaron. El pleito será entre los jefes. Miguel Pérez, con 71 años, pero experto en golpear; astuto, feroz, macizo en el rencor. Y un mambí, negro, con 30, y toda la vindicación de su gente y su patria en cada fibra del cuerpo espigado, cimbreante.

Dos meses después el retrato de Miguel Pérez circuló por Madrid. La Ilustración española y americana publicó la imagen del guerrillero, cuyo anguloso rostro, tenso como el odio, se distinguía por un bigote blanco y severo. No era este señor que la revista madrileña exaltaba, un Pérez común, hijo bastardo o persona de las orillas. En España lo presentaban como un modelo cubano de fidelidad a la madre patria.

En Cuba, los alzados en armas contra España

lo maldecían por su traición y por la sevicia con que había perseguido a los soldados de la independencia.

Temprano, Miguel Pérez eligió la sangre como afición y el abuso por oficio. Al frente de un pelotón de facinerosos, al que nombró "escuadras de Guantánamo", acosaba a esclavos cimarrones para devolverlos a sus amos.

La guerra de 1868 le redobló el ímpetu abusador. Patriota que apresara la gavilla de Miguel Pérez –fuese hombre o mujer, niño o anciano– moría bajo la inexorable geometría del machete o colgaba de un árbol como una fruta de dolor.

-¡Ni un mártir más, a manos de ese criminal! -le ordenó Máximo Gómez, al oficial que llamaban Guillermón, ágil, sagaz, limpio como el primer vagido de los recién nacidos.

Los ojos de Gómez, tan pequeños como si estuvieran deslumbrados siempre por el fulgor del día, más que rostros juzgaban hechos, y por tanto no eligieron como en un juego de azar al combatiente para la misión de muerte que debía ejecutarse sin la algazara de las pasiones; sólo con el equilibrado tino de la convicción… Veinticuatro años después, mientras paseaba por las calles aún españolas de Santiago de Cuba, los jóvenes se cuadraban ante la épica presencia del General Guillermón, que, ya con el cuerpo herido definitivamente por un enemigo entonces imbatible, la tuberculosis, prefirió morir en la manigua para que el Alto Oriente no fallara el 24 de Febrero.

Ahora, en el tercer año de los diez de la campaña convocada por Carlos Manuel de Céspedes, la guerra se transmutó para la soberbia de Miguel Pérez en la guerra contra el negro Guillermón. Se enteró del nombre de quien había sido privilegiado como vindicador de las víctimas de su crueldad. Y buscó a quien lo buscaba. Hasta el desenlace en la loma del Peladero.

Este cartel lo desafió, desde el tronco de una palma:

"A Guillermo Moncada, donde se encuentre.

"Mambí: No está lejos el día en que pueda, sobre el campo de la lucha, bañado por tu sangre, izar la bandera española sobre las trizas de la cubana."

-Vamos a ver, si el gallo canta -dijo ante su tropa, que rió.

Días más tarde, el santiaguero escribió al dorso:

"A Miguel Pérez y Céspedes, donde se hallare. "Enemigo: Por dicha mía se aproxima la hora en que mediremos nuestras armas. No me jacto de nada; pero te prometo que mi brazo y mi corazón de cubano tienen fe en la victoria. Y siento que un hermano extraviado me brinde la triste oportunidad de quitarle filo a mi machete. Mas, porque Cuba sea libre hasta el mismo mal, es bien." Y sin desmontarse, estirándose ligeramente, clavó el papel en el mismo árbol. Luego, el encuentro, en el que se mezclan la historia y la leyenda.

¿Era de día o de noche? Si los papeles no lo declaran, es porque en la loma del Peladero el día y la noche se alternaban vertiginosamente en la justicia y el odio: los machetes en el aire convocaban relámpagos y sombras. Una palabrota.

Un golpe. Una blasfemia. ¿Cuántos más necesitó el duelo? El mambí alzó el brazo. Miguel Pérez se encogió casi imperceptiblemente. Sus ojos
abiertos no vieron el vibrante perfil del arma salir de su cuerpo luego del tajo definitivo.

Los misterios de Drake

La espirituosa, ensoñadora, trastabillante naturaleza del ron no fue lo primero en su historia. Antes fueron otro sabor, otro aroma... Otra cosa. Desde los primitivos trapiches, molinos o ingenios –que muchos nombres tuvo la fábrica azucarera, según su tamaño y características tecnológicas- el aguardiente brotó como un derivado de la caña de azúcar. Entonces ganó fama de plebeyo en su consumo: alegró el ocio de los piratas y purificó democráticamente la zanja del látigo en las espaldas esclavas. Era entonces ofensivo como hueco de letrina.

Pero resolvía la atmósfera de las tertulias escabrosas o de las más decentes. Mezclado con agua, azúcar, una rodaja de limón y una ramita de hierbabuena, deambuló por tabernas y hogares con el nombre de Drake, el corsario que en el Caribe arrastraba la cola del diablo y en Londres lo cubrían con una clámide de santón. Después, ingurgitó el ron como una criatura fantástica. Y tal mudanza continúa oficiándose como un misterio. Los químicos no han precisado con certeza los resortes que desdoblan una bebida para convertirse en otra que de un trago borra su pendenciero pasado.

Una alquimia, soterrada y silenciosa, procesa el aguardiente. En este –suponen- subsiste en un uno por ciento de materia orgánica, y al pasar el tiempo reacciona ante el aire que trasvasa los toneles. O el roble de los barriles despide ciertos ácidos que se coligan con los residuos orgánicos del aguardiente. O influyen ambos fenómenos. Y poco a poco vibra en un proceso de metamorfosis sorprendente.

El tiempo parece ser el catalizador de la fórmula enigmática del "hijo alegre de la caña de azúcar", como bautizará al ron el periodista cubano Fernando G. Campoamor, que será el más culto y ágil biógrafo del caldo criollo. Mientras más vieja, añejada, superior es la bebida. Esa fue, quizás, la receta de Bacardí, el destilador que en 1862 fundo en Santiago de Cuba la dinastía del ron cubano. Influye también −claro está− la alcurnia de la melaza que, mediante la levadura, se tornará en alcohol. Y esa miel de pureza única sólo es posible obtenerla en las circunstancias climáticas y telúricas de la caña cultivada Cuba.

Los cubanos beben ese misterio, como en un culto. Y a su influjo el sordo baila, el tímido habla, y el triste ríe. Cualquier cubano, sea en Santiago de Cuba o en La Habana, en Cienfuegos o en Pinar del Río, dirá que su ron es el mejor, aunque hay marcas. Y más marcas. Y usted tendrá que descubrir las mejores, porque el cronista no es catador ni publicitario. Lo que sí asegura es que la proverbial tendencia cubana a la desmesura no exagera cuando convierte a su ron en lo "máximo". Lo confirmará Hemingway con su autoridad de bebedor. El escritor, en una página de *Adiós a las armas*, confesará que el supremo placer consiste en un sorbo de güisqui. Años más

tarde, cambiará de opinión convirtiéndose en
uno los más asiduos degustadores del ron cubano. En particular del trago llamado daiquirí
y que no es más que el gemelo esclarecido de
aquel mejunje que el corsario Drake le dio nombre.

Lo que sí y lo que no

El color rojo se convirtió en el más utilizado en una prensa que solo se servía del blanco y el negro. Tacha aquí; tacha allá. De modo que una multa hoy y otra mañana, adecuaron las circunstancias para que el Tribunal de Imprenta, sordo como una cueva, decidiera que El Triunfo no se publicara más con ese nombre...

Era un castigo dictado por una voluntad experta en sajar, lastimar, lastrar donde más sufría la víctima. Los periódicos ganaban, tanto ayer como hoy, su crédito y su clientela en la sucesión de muchos días. Así, con la pena impuesta por el Tribunal que decidía el espacio de los medios de expresión pública, el Triunfo se había convertido en humo.

Por tanto, vuelta a empezar, a ganar confianza entre la gente.

Con don Ricardo del Monte como director, El Triunfo sumó lectores que valoraban los afanes del periódico por denunciar, con propósitos de reforma, los vicios y los errores del régimen colonial. Su fama se extendía en proporción a su moralidad de órgano oficial de la Junta Central Autonomista. La redacción, como un símbolo de honradez, se estableció en la calle de Teniente Rey, número 39, donde, unos años antes, el filósofo y pedagogo José de la Luz y Caballero había instalado el colegio de El Salvador.

A los pocos días, un nuevo periódico con las mismas plumas y el mismo estilo del clausurado temblaba en el aire de un pregón:

-Ea, salió El Trunco; vea El Trunco.

ARRIBA, MI GALLO

Discurría la hora del mediodía y el sol se despeñaba sobre La Habana como un anticipo del infierno. Y en particular la calle de Consulado, sin los soportales de otras vías como la calzada de la Reina o la de Jesús del Monte, ponía al borde del martirio a los transeúntes. No muchos ciertamente. Y por ello, alguna gente de imprenta y arte dispersa a esa hora cerca de las calles de Neptuno, San Rafael y San Miguel, y ciertos paseantes al tanto de los sucesos del periódico pudieron prever un choque físico entre los polemistas. Ambos venían en dirección opuesta, por la misma calle que hemos descrito. Andaban cada uno -es de suponerlo por la hora- hacia el lugar de su almuerzo.

Al parecer no se habían visto, porque venían ensimismados, en morosa andadura, por la estrecha acera, dándole vuelta quizás al próximo artículo o evitando la sofoquina. El encuentro físico, según los conocedores, derivaría presumiblemente en una bronca a bastonazos. O tal vez el papeleo para un duelo…

Discurrían los años previos al 24 de Febrero, fecha a la que José Martí le abría un hueco en el almanaque desde los Estados Unidos. La polémica gozaba de una zafra picante en La Habana. Y Juan Gualberto Gómez se batía a plumazos contra los denostadores de la independencia, solo viva en la conspiración y el ideal.

Aquel mulato hijo de esclavos, liberado en el vientre materno por los ahorros familiares, y educado en París, sostenía desde La Igualdad un litigio con José de Armas y Céspedes, cuyos puntazos se abroquelaban en Las Avispas. Discutían sobre el porvenir de Cuba. Un artículo sobre otro. Vinagre sobre guarapo fermentado. Uno a favor de seguir ligado a España, la madre patria; el otro partidario de Cuba libre.

De Armas, que había rectificado su permanencia entre los independentistas en 1868, forcejeaba con las palabras; se demoraba hasta tres días en ahilar sus renglones y responder el guantazo. Juan Gualberto, en cambio, detenía el cierre de su periódico para, de pie, coser una réplica ardiente y conceptuosa. Aún estallaban, como blasfemias, las letras de su panfleto, apasionado y fino al par, intitulado Por qué somos separatistas y que lo complicó en los tribunales.

Al ver acercarse a su contrincante, De Armas se detuvo. Juan Gualberto continuó su paso como sin prisa, tal vez entretenido mordiendo su tabaco. El traquetear de los quitrines y carretones apenas fue registrado por los testigos allí detenidos a causa de la expectación. Esperaban oír un insulto criollo, en voz de aquellos señores refinados, irreprochables en sus trajes negros, cuando estuviesen más próximos; caballeros de estilo y sapiencia, honra y esperanza del país oprimido. Acaso el atildadísimo De Armas, cabeza de una familia de periodistas y escritores, podría olvidar sus compromisos urbanos y dejar ladrar un recordatorio bilioso a la negra que, en el ingenio Vellocino, en Sabanilla, había parido

al mulato. O tal vez el parsimonioso Juan Gualberto, quitara el habano de su boca, y enviara al
señor de Armas a "tomar por el trasero".

Encimados, De Armas, más viejo, no esperó la
presunta primera ofensa de su rival: se abalanzó
sobre el joven mestizo...

Hubo en los espectadores un instante de estu-
por ante lo que aun viéndose parecía in-creíble.

Y don José de Armas abrazó a Juan Gualberto
Gómez mientras le decía:

-Así me gusta, muchacho. ¡Cómo me has hecho
trabajar!

Donde hay desquite… tablas

La Habana podía colgar en los mástiles del puerto los avisos de malhablada, pestilente, y bulliciosa con su trotar de caballos y el traquetear de coches y carretones sobre el adoquinado y el disparo de un cañón hacia las ocho de la noche, como simple ceremonia tradicional. Podía, además, presumir de ser una ciudad divertida en esos días finales del siglo XIX. El observador, parado en el Paseo de Isabel II, podía leer los periódicos y reír. Entonces los medios de prensa, con alguna excepción ranciosa, eran también juguetes de hilaridad. Citemos, verbigracia, a Wenceslao Gálvez y Eva Canel, dos periodistas reconocidos que se insultaban sin que el sagrado matrimonio los autorizara a tales libertades.

Wen parecía tener manos de calamar. Lo mismo escribía un libro sobre los orígenes y escándalos del entonces novicio deporte del béisbol, que bateaba un jonrón o posaba muy seriecito en la Redacción de La Habana Elegante junto a poetas como Julián del Casal y Enrique Hernández Millares, o se fajaba a plomo... de imprenta con cualquiera. Hasta con una mujer.

Eva, a su vez, era mujer fuera de tiempo en su tiempo. Asturiana. Autonomista. Ácida. Acérrima.

Wen había fundado el periódico Gil Blas. Eva dirigía La Cotorra.

Los pretextos para la pelea consistían, para ellos como para otros, en la política. Uno a favor de Cuba Libre. La otra comprometida con la vigencia de España en la Llave del Golfo. Sin embargo, ella sostenía correspondencia con José Martí, que en Nueva York preparaba ánimos para convocar a la guerra. Cuando el grito de ¡Viva Cuba libre! resonó por los campos el domingo de Carnaval, el 24 de febrero de 1895, Eva Canel continuó sirviendo a España con la pluma.

Abordó un barco, desembarcó en El Júcaro, y luego, junto con otros periodistas, recorrió en un tren la trocha desde ese poblado en el sur hasta Morón en el norte, para atestiguar con su crédito de mujer bíblica la invulnerabilidad de esa línea trazada de piedra y alambre que dividía la Isla casi por la mitad.

-Aquí se detendrán los insurrectos —aseguró cuanto les había oído a los oficiales.

En los meses previos a la guerra, Eva, para burlarse de la prosodia un tanto "bárbara" de los cubanos, comenzó un suelto con exceso de sal dirigiéndose a Gálvez de esta manera:

"Venga acá, Gálvez."

Más o menos, en la rápida pronunciación de los criollos, que además permutan la R por la L, la frase sonaba como el nombre de una operación un tanto íntima y cochambrosa:

"Vengaacagal-vez."

Así se atrevió a escribirlo en La Cotorra.

Wen, que como periodistas sabía incluso lo que no le importaba, recordó que la señora Canel se nombraba, en la exactitud de los documentos legales, doña Agaar Eva Infanzón de Perillán Buxó. Y empezó, en Gil Blas, su nota de respuesta con este golpe que aquella mujer nunca supuso recibir:

"VengaacaAgar."

El caballo del mañana

Bajo la doble sombra de la copa de una ceiba y de un sombrero ancho y hondo que lo emparentaba con algún caudillo mexicano, el General José Lacret descansaba luego de haber burlado la trocha que se alambraba y fortificaba desde el sur, en Júcaro, hasta Morón, en el norte. Unas veces desde el este, otras desde el oeste, los mambises cruzaban habitualmente la trocha. En silencio o bajo las balas, se filtraban entre zanjas y alambres de púas.

Los estrategas españoles solían juzgar la guerra en las rígidas conversaciones de los despachos, sobre informes desnaturalizados y la limpia experiencia de los mapas. De ese modo se empecinaban infaliblemente en mantener cortada a Cuba muy cerca de Ciego de Ávila, la población más relevante en el curso de la línea, para separar a los insurrectos del oriente y del occidente. El costo en combatientes inmovilizados dentro de torres, casamatas y fosos no cabía en ninguna cuenta.

El General había llegado procedente de Las Villas. Necesitaba de vituallas, pero principalmente le urgían caballos. Debía continuar. Uno de sus ayudantes averiguó que en una prefectura cercana pastaba un hato de la reserva del Tercer Cuerpo. Lacret pidió por escrito al prefecto que se sirviera remitírselos.

-¿Está loco el General? En el Camagüey no hay bestias suficientes y estos son los caballos del porvenir.

Lacret le respondió por escrito advirtiéndole al administrador que andaba atrasado en relación con los adelantos del siglo XIX, que ya casi terminaba. Los caballos que usted guarda en depósito son los del día, los de hoy, y yo los necesito para seguir viaje. El caballo del porvenir será la bicicleta eléctrica. Sépalo, ciudadano prefecto.

Y sobre caballos frescos, el General emprendió a galope hacia su destino, el rumbo por donde esa madrugada, y todas las madrugadas de la isla, se asomaban el sol.

Ascenso

La pierna derecha del general Pedro Betancourt quedó aprisionada bajo el caballo herido. Al llegar al cuartón de Bija, a unos seis kilómetros de San Antonio de Cabezas, lo había sorprendido una carga de la caballería española. Iba acompañado tan solo por una escolta de 20 números. Acudía a una cita con el Jefe del Cuerpo del Ejército Libertador en Matanzas, cuyo Estado Mayor había abandonado el campamento ante la superioridad de la fuerza enemiga.

Seis de los hombres del general Betancourt murieron en el primer episodio del imprevisto choque y el resto se dispersó por las malezas de aquel terreno quebrado. El general también huía cuando una bala de máuser golpeó a su caballo. Machete en alto, varios jinetes se acercaban para rematar al caído.

El soldado Secundino Alfonso, ordenanza del general, atinó a desmontarse entre el polvo, los gritos y los disparos; lo ayudó a incorporarse, y lo conminó a subir, advirtiéndole: Mientras a mí me dan machete, escape en mi caballo, general...

Ya nada quedaba por decir cuando, alargándole el arma, le dijo: Ah, salve el rifle.

La bestia se revolvía asustada. La distancia entre los enemigos y la pareja iba disolviéndose como en un vértigo. A la vez que le tiraba una mano, Betancourt le ordenó: Monte usted en las ancas...

Desde la grupa, con un disparo de su fusil, el ayudante detuvo el galope español. Y el general, dominando al caballo y azuzándolo, se adentró en los breñales.

-Por poco nos matan, alférez.

-¿Alférez, general?

-Sí, señor: alférez.

El peligro de los sueños

Los hombres de la primera división del Sexto Cuerpo del Ejército Libertador en la jurisdicción de Pinar del Río, botaban las aguas de la noche y encendían los humos de la mañana. Había un ambiente distinto, como una nueva luz en el cielo, en las hojas, en el temblor del rocío al caer sobre la hierba.

Acampaban cerca de San Cristóbal. El día no se iría tan plácidamente como había amanecido. Aunque ya pareciera a destiempo, una columna compuesta por efectivos de los regimientos Canarias y Gerona, al mando del coronel Balbás, atacaron el campamento de La Madama. Era la quinta vez que fuerzas españolas intentaba batir a los insurrectos en ese lugar.

El comandante Manuel Harriman pudo finalmente rechazar el empuje enemigo. Al finalizar el episodio, preguntó por las bajas insurrectas. Al oír el informe del oficial del día, por unos minutos creyó en que los sueños de los hombres dormidos podían advertir de la fortuna o de la desgracia...

Esa mañana, bajo un mango aún sin florecer, Vidal Ducasse, permanecía en cuclillas, cabizbajo. Notándolo, el comandante Harriman se le acercó y le preguntó en tono fraternal: Qué le pasa, general. ¿Por qué esa tristura? Ducasse le

dijo que esa noche tuvo un sueño raro, comandante. Soñé que se acababa la guerra y me quedaba en el monte. Solo. Bueno, la guerra se
acaba, brigadier; pero dudo que usted tenga algo
que hacer en la manigua después.

Mulato de ascendencia francesa, Ducasse se
había educado en el país de su apellido y por lo
tanto sus conocimientos solo cabrían en las ciudades. Harriman lo animó con cierta familiari-
dad: Vamos, repóngase; usted es ya un veterano;
los sueños no deciden el destino…

Sin embargo, en aquel combate, que había servido para despedir la guerra, solo se anotó un
muerto: Ducasse.

Ciclón en desengaño

Cuando los McHatton-Ripley compraron un ingenio azucarero en la jurisdicción de Ma-tanzas, no supusieron un presagio de mala suerte en el nombre: Desengaño. Entonces, Elisa, la esposa consideraba a Cuba como el lugar "más prolífico del globo". Era 1865. Casi 25 años después, en sus memorias estampó pocos recuerdos gratos de su estancia en Cuba. Aún las observaciones más favorables sobre el verdor eterno y el clima de la Isla, aparecen desgarradas por las quejas. Entre otras experiencias, Elisa McHatton-Ripley contó las peripecias de los 10 años que residió en Cuba, en su libro titulado From flag to flag, publicado en 1889. Había nacido en Kentucky, en 1832. Y a sus treinta años, la guerra civil la obligo, junto con su marido, un hijo y dos criados, a marcharse de su plantación en Arlington, cerca de Bouton Rouge. Un trienio después, tras una estadía en el México ocupado por los franceses, la familia llegó a La Habana. Seguidamente se estableció en el Desengaño.

La pareja se aplicó asiduamente el cultivo de la caña de azúcar. El tañido seco de una campana de 900 libras dirigía, desde el amanecer hasta la hora de dormir, el trabajo de negros y chinos esclavizados. A pesar de su nombre, Desengaño prosperó. El trabajo intensivo y la agrotecnia sirvieron allí para que el suelo de Matanzas, uno de los más feraces de Cuba, no se cansara como en las haciendas colindantes, sometidas a una explotación que descansaba en la bondad de la naturaleza.

Pasado un decenio, la familia se cansó. Y regresaron al Norte. Temían a la previsible abolición de la esclavitud como conquista de la guerra de 1868, y también se negaron a seguir soportando la sistemática extorsión del gobierno español.

Hubo otras causas. La señora las confesó: "Nos cansamos del eterno aire dulce y apacible, del invariable verdor del paisaje, la perpetua temperatura que hacía cómoda la ropa de hilo más delgada; las estaciones solo variaban en seca y en húmeda: la seca muy seca y polvorienta; la húmeda, muy húmeda y lodosa…"

Un día de octubre de 1870, los McHatton-Ripley permanecieron dentro de su vivienda, afanados en atrancar puertas y ventanas, en proteger animales y bienes. Después de 30 horas de lucha extrema, con la garganta obstruida por una alarma mortal, abrieron la vivienda, y la familia fue incapaz de entender cómo aquellos cañaverales ayer ondulantes, servían ahora de lecho a las aguas que inundaban las tierras. La casa de azúcar había perdido las anchas láminas de metal del techo; días más tarde, las hallaron a centenares de yardas, tan estrujadas como si una mano enorme las hubiera apretado obedeciendo al deseo de una imaginación caótica y violenta.

Habían afrontado un huracán catastrófico. Los zarandeó el conocido en las estadísticas como "el ciclón de Matanzas". Y el cronista se arriesga a intuir que tal vez los McHatton-Ripley pudieron haber soportado la crisis social y política de Cuba sometida a España y reclamada por cubanos en guerra, y haber resistido incluso el calor, la lluvia, el polvo, el lodo... Pero otro ciclón... Otro ciclón, al parecer, no.

El Escón

A fines del siglo XIX, el béisbol fue un flautista de Hamelin: con el swing del bate arrastró a los estudiantes, que escapaban de las aulas para jugarlo; dispersó por la atmósfera de calles y cafés nuevos nubarrones de polémica, y en la glorieta del Almendares Park apiñó centenares de gritos que, según los historiadores más exagerados, podían inquietar a la entonces guarnición española del Castillo del Morro.

El baseball en Cuba, de Wenceslao Gálvez, compone un documento primordial para conocer, entre otros aspectos de su historia, el revuelo y el revolico que la pelota armó en La Habana durante las tres últimas décadas del siglo XIX. Pero no es el único texto con tales páginas de sucesos. Es decir, si las polillas convocaran un banquete con los ejemplares disponibles del libro de Gálvez, quedaría otra obra que, con síntesis y gracejo, aportaría elementos suficientes para siluetear ese lío de masas suscitado por la pelota.

Se trata de un poema. Y el autor, un poeta de menor rango, pero culto y reconocido por sus dos volúmenes intitulados Versos y Punto y final. Se llamaba Mariano Ramiro, andaluz criado en Cuba, de oficio tipógrafo, a quien sus contemporáneos respetaban, en particular, por su honradez. Escribió el poema en doce décimas, y lo nombró: El baseball, jerigonza bilingüe. Al parecer no tuvo otra intención que retratar festiva y satíricamente al nuevo deporte, procedente de los Estados Unidos, y fustigar a quienes se apegaban demasiado a los usos norteamericanos.

Reproduzco algunos versos. Confórmense.

Tiene la gente devota
del bullicio y la alegría,
por la pelota manía
y no suelta la pelota.
Suda el quilo gota a gota
 por beisbolero interés,
y conozco a más de tres
que llevan su frenesí
hasta no entender el sí
como no le digan yes.
Y termino:
Muchas lindas habaneras
sienten del juego el contagio
y hacen amoroso plagio
de las luchas peloteras.
Al que en frases plañideras
les declara su pasión
y quieren meterse en jom
sin sacramental detalle,
lo ponen out en la calle,
y mamá le da el scon.

EL ERROR DEL YANQUI

Bajo una llovizna que anticipaba uno de los aguaceros habituales en Baracoa, el capitán Francisco Palomares entró en el ayuntamiento. A sus espaldas, el agua pintaba de un blanco neblinoso el paisaje de mar y montaña donde sobresalía, como una silueta simbólica, el Yunque. Sobre su uniforme, todavía oloroso a manigua, el capitán Palomares se aseguraba a la cintura un Colt, trofeo de la guerra. Inquieto y tumultuoso, apegado a un rebelde romanticismo, era también culto y polémico periodista. Y se enorgullecía, sobre todo, de haber nacido en la Ciudad Primada, a cuyos hijos se les reputaba como los más altos y mejores. Aquella mañana había escrito un suelto que criticaba una acción errónea de los yanquis en la primera villa fundada por los españoles en Cuba

A poca distancia, el comandante del ejército norteamericano de ocupación en la ciudad de Baracoa, había tirado el periódico sobre la mesa. Con las manos cruzadas a la espalda anduvo unos pasos, meditando una respuesta. Llamó luego al ordenanza: Comuníquele a Palomares que venga a verme. ¡De inmediato!

-Diga, señor –se presentó el mambí ante el oficial norteamericano.

Sin otras palabras, ni trámites cordiales, el yanqui respondió en un español entrecortado:

En mi país, cuando alguien ataca sin razón a las autoridades, se le cruza la cara con un látigo.

Palomares irguió aún más su cabeza. Y despaciosamente, para que el otro entendiera cada palabra y su tono, la réplica surcó la arrogancia del extranjero. En el mío, señor capitán, el ofendido en forma tal mete en el pecho del ofensor las balas de su revólver. Y calló al tiempo que llevaba la mano derecha a la funda.

Tras unos segundos de silencio, su voz se escurrió por la esquina de la ironía, suave, tranquilamente...

-Pruebe, si quiere, capitán.

Un héroe

En este pueblo vaga el olor a leña ardiendo de una aldea aborigen o de un campamento mambí. Es el espíritu de la historia columpiándose en las palmas del parque. O empotrado en las casas que aún perduran edificadas con el embarrado taíno, arcilla y paja mezcladas con las aguas del Jiguaní, que nombra al pueblo, el Cauto y el Contramaestre, vías genitales donde los primitivos habitantes de Cuba echaban a sus dioses, y en cuyas riberas más tarde los descendientes vieron morir a sus libertadores.

Nació de un pleito agrario en enero de 1701. Y con el surgimiento del poblado apareció en la historia, el primer dirigente campesino cubano: Miguel Rodríguez. Hombre sin apellido ennoblecido en las ínfulas criollas de una alcurnia testamentaria. Apelativo hispano desmentido por el pelo lacio y negro, la estatura baja y la piel todavía veteada de pigmentación cobriza. Miguel había nacido, durante la última mitad del siglo XVII, en la aldea taína de Jiguaní Arriba. Hijo del cacique, en el matrimonio colectivo que los indocubanos practicaban, de línea materna. Y por lo cual tomó el apellido del amo de la encomienda a la que pertenecía la madre del niño. Hábil en el juego de batos, sagaz y certero en la cacería, Miguel alcanzaba con la edad juvenil los créditos de jefe.

Los padres Jerónimos le suministraron algunas lecciones de cultura occidental: leer y escribir el castellano, rudimentos de la religión católica. Y más tarde, el indio pidió establecerse en un paño de tierra, en los bosques y en las alturas a orillas del Jiguaní. Los españoles lo nombraron teniente de milicias taínas.

Miguel no vivió mucho tiempo en la precaria paz de sus sembríos y sus cerdos de ceba. Los geófagos de la colonia no respetaban órdenes del Rey, ni repartimientos justicieros de la tierra. Querían más. Todo. Miguel Rodríguez se topó de pronto con el riesgo de perder su conuco. El gobernador de Bayamo, Marcos de Aguilera, logró mañosamente que el cacique de la aldea de Jiguaní Abajo le vendiera las tierras que se explayaban entre el Cauto y el Cautillo.

Con un arresto que en su época pudo parecer inusual, sorprendente, Miguel tomó un barco en Manzanillo, y desembarcó en la Española. Se quejó ante los oidores del Rey. Y lo apoyaron. Incluso multaron al gobernador Aguilera con 300 pesos de oro fino por sus atrevimientos y abusos. Pero los abogados de la colonia metieron la cabeza en su bolsa de malicias y retóricas legales, y adujeron ante la venerable Audiencia que el taíno y su gente no podían formular denuncias y alegar derechos. Falta a su razón personalidad jurídica. Eso dijeron. Porque los indios no tenían pueblo, con cementerio e iglesia.

La respuesta de Miguel fue rápida: Fundamos el pueblo. Cedió sus propiedades y obtuvo de los padres Jerónimos el permiso para edificar un templo. El 15 de abril de 1702 firmaron el nombramiento del primer párroco. Allí, en el Paso

Real del río Jiguaní, sólo en pie la casa de Miguel Rodríguez. Luego, la casa del cura, más tarde la Iglesia. Miguel persistió en convencer a los huidizos en cuevas y bosques, de lo beneficioso que para ellos era vivir en comunidad reconocida. Y poco después consiguió amontonar una docena de "casas de paxa" en la falda de una loma...

Alzado

-¡No, carajo!-y el machete del general quedó mordiendo una columna de madera. Jesús Rabí, de origen taíno, jefe de la división del Ejército Libertador en la zona, había ocupado el ayuntamiento con sus hombres. Ya había llegado el turno de la paz con la intervención norteamericana en la guerra de Independencia, en 1898. Pero Jiguaní empezaba a vivir una situación de guerra después de la guerra.

Al lado de Rabí, junto a otros oficiales, el capitán Tita Valdés. Exigían que los gerifaltes norteamericanos quemaran los papeles donde le otorgaban al Grupo Howard trece mil caballerías de las mejores tierras en la cuenca del Contramaestre. ¿Los quemamos y todo termina? –preguntaron los yanquis como dudando de que la solución del conflicto consistiera en una discreta hoguera.

Los papeles se volatizaron en un jeroglífico de humo que fue aplaudido. Sin embargo, abogados y testaferros, mediante fullerías de gabinete, lograron pronto que la tierra pasara igualmente a los extranjeros. Días antes desarmaron a las fuerzas de la división de Jiguaní: el fusil a cambio de 70 dólares.

Tita Valdés no entregó su máuser. Respondió alzándose en el parque del pueblo. Seguía casi con los harapos de la manigua. El aire recogió la voz del veterano en un patético ¡viva Cuba libre! La medalla y la pensión que con los años le corresponderán, jamás las cobraría el erguido capitán mambí. Ni su nombre ni su grado se inscribieron en el registro del Ejército Libertador.

LA CONTROVERSIA

A Caridad le pesaba su hermosura. Cómo describirla de modo que pudiéramos explicar-nos el porqué de las pasiones que suscitaba en aquel ingenio. Compuesta por una mezcla tan equilibrada de sangres, nadie podía precisar si en ella predominaba lo caucásico o lo africano.

Para todos, Caridad ilustraba el juicio histórico de raíz popular que sostenía que la mulata era la manifestación perfecta de la obra de España en Cuba.

Pero no era mulata rumbosa. Ni soez producto del barracón. Aunque de padre desconocido, la madre la había criado inculcándole el respeto por el cuerpo con que Dios la había dotado.

-Bien casá, mi hija. Ni por dinero ni por otra conveniencia.

Entonces así pensaban y actuaban muchos en el batey. Y Caridad se lamentaba de las pretensiones lascivas de cualquier tarambana. O de algún potentado.

No le disgustaban los piropos de Juancho. Era prieto; más de lo que le permitía compaginar con la tez de Caridad. Pero ella parecía reconocer en el negro la virtud del probable esposo, hombre de trabajo y honrado. ¿A qué más?

Nicasio Treto la pretendía, en cambio, con la insolencia del latifundio cañero, los rebaños y el crédito en las tiendas del poblado. Ella oía sin que las promesas la perturbaran. Pero la asustaba la posibilidad de que al decidirse por Juancho, Nicasio usara el poder contra su hombre.

-Ser bella para qué; para más tragedia en la pobreza —hablaba sola frente al espejo.

Una tarde coincidieron ambos en una visita casual a la casa de Caridad. El encuentro presagiaba una bronca. Pero ni machete ni revolver empuñaron los rivales. Nicasio, intentando humillar al pretendiente de sudor y zapatos toscos, recordó una cuarteta. Y entonando un punto de guajira controversia, cantó:

La mujer que por locura
Tiene a un negro por amante,
Aunque el sol esté radiante
Siempre ve la casa oscura.
Juancho, decidido a pelear, eligió la misma arma. Y ripostó:
Mulatica que de un rico
Te quieren enamorá,
Por muy dulce que abra el pico
pa' querida te querrá.
Caridad eligió poco después al negro y pobre, que significaba la más clara promesa de fidelidad. Eso, al menos, decía.

EL NEGOCIO DEL GOBERNADOR

Los González Abreu sabían que era imposible que en algún otro sitio de Cuba se congregaran tantas palmas reales. Desde el cuarto piso del campanario, la vista de los propietarios del ingenio Dolores no podía alcanzar la cola de tierra que les sostenía la fortuna y la sucesión infinita del árbol dominante. No habían leído la crónica en que Anselmo Suárez y Romero decía que la palma real era el árbol que no se cansaba de contemplar en Cuba. Tampoco se enteraron de que la palma era la referencia esencial de la nostalgia que el poeta José María Heredia evocó entristecido, a orillas del Niágara precipitado y soberbio, ni que otro poeta, José Luis Alfonso, hallándose en París, quiso ver en el horizonte antes de morir. Sólo sabían que quien intentara contarlas, moriría sin terminar la suma y ese saber les bastó para exorcizar sus aprensiones.

Cincuenta años antes, la campana había empezado a convocar la servidumbre y regular el trabajo de la negrada. Nueve campanadas al amanecer, en el repique sobrio del Ave María, y el toque lánguido, apesadumbrado, de la oración al anochecer, se difundían por la llanura, entre Remedios y Caibarién, tirando hacia el sur. En 1894, un año antes de la Guerra de Independencia, su dueño juró que si los cubanos derrotaban a España, el Dolores no molería jamás.

La finca parecía declinar. Y el gobernador de Las Villas después de la guerra de Independencia, se empeñó en comprarla. La familia propietaria se asustó. Temían negarse a las aspiraciones de un señor con méritos tan influyentes en la política de la recién surgida república. Uno de los González Abreu, heredero de su abuelo, aceptó la propuesta con la salvedad de que el jerarca, a quien sus rivales políticos apodaban "Tiburón", pagara un peso por cada palma.

-¿Eso nada más?

-Eso...

El general José Miguel Gómez –más tarde presidente- creyó que el precio provenía de la ligereza, o tal vez presionado por una quiebra inmediata, y ordenó a una pareja de la Guardia Rural que enumerara el palmar.

Los guiaba Téllez, mulato peón de la heredad, cuya sonrisa maliciosa no molestó a los soldados. El censo demoraba. Y un fin de semana el gobernador preguntó cuándo terminaría el cálculo. General, aún vamos por dos millones... Y faltan. Cubiertos por el bigote, los labios enmascararon un carajo de sorpresa y lamento. Pare de contar, cabo, ordenó el jefe.

Luego, confirmándoselo a sí mismo, aseguró: No habrá negocio.

Esa noche, los González Abreu durmieron sin angustias.

Las razones del Doctor

Tres aldabonazos chocaron en la puerta de Aguacate número 110, en la porción más antigua de La Habana. Carlos J. Finlay estaba en su casa. Y varios de sus amigos y colaboradores, un tanto apesadumbrados, le informaron: Doctor, le han negado el Premio Nobel.

En un sentido más bien práctico, el doctor Finlay se había habituado a convivir con lo aciago y lo desfavorable. En los últimos 24 años, ciertos designios malévolos le habían exigido, como a pocos entonces, un precio de espina por la justa gloria de sus méritos.

Esta otra noticia tampoco le desmantelará los puntales de su conducta. Y no se desarticulará en insultos que, en él, hubiesen resonado con olor de justicia.

-¿Qué piensa usted, doctor?-preguntaron ante el silencio del médico.

Un año antes, en 1904, el correo había entregado en la misma dirección una carta del doctor Ronald Ross, científico inglés que había apuntado exactamente al trasmisor del paludismo –el mosquito Anópheles- y que por ello recibió el Nobel en 1902. Le decía al cubano: "Hace mucho tiempo que estoy impresionado por su gran labor sobre la fiebre amarilla. Quisiera por tanto someter su nombre al Comité del Premio Nobel de Medicina para el año de 1905 y espero que usted me permita hacerlo."

El empeño fracasó. Los norteamericanos defendían fraudulentamente la prioridad de Walter Reed como descubridor del agente trasmisor de la fiebre amarilla. Y el comité evadió conceder el galardón a Finlay. Por dos veces más los suecos se desentenderán del conflicto ante el zumbido de las presiones. En 1935, el Congreso Mundial de Historia de la Medicina, en Madrid, resolverá la injusticia decretando la apoteosis del doctor Finlay, al reconocerle su preeminencia. Eventos similares lo respaldarán en 1954 y 1956.

Ahora, cuando sus amigos recababan una respuesta, el doctor comentó:

-Lo siento por Cuba. Sería la primera vez que ese lauro vendría a nuestro país, dándome la oportunidad de probar mi cariño por mi patria. En cuanto a mí...

Calló. A través de las lentes, el agua de sus pupilas se encendía como en un reflejo de la luz. El silencio propició que los presentes repararan en el aire fresco que abanicaba desde la bahía.

-En cuanto a usted qué, doctor -insistió uno de los amigos más íntimos.

Finlay confesó sentirse premiado no sólo con sus generosos padres, una esposa ejemplar y cariñosos hijos. Recompensado estoy, sobre todo, dijo, por haber cumplido una edad que me permite reconocer mis grandes errores.

La soledad del dinero

Todavía el cronista no ha podido despegarse de aquella sensación, mezcla de poética fatalidad y de insumisa rebelión contra el destino Esa tarde visitó el cementerio de los norteamericanos en la Isla de la Juventud. Y no utilizó la libreta de apuntes. ¿Qué hubiera escrito que retuviera con signos vivos, hirientes, sus sentimientos? Y prefirió que el rumor de las casuarinas, con sus hojas tan finas como pelo, grabara en su recuerdo el melancólico fracaso del silencio y la piedra cuando intentan mantener la vida más allá del tiempo.

Sin embargo, se sorprendió. Esperaba entrar en la ciudad del olvido convertida también en ciudad olvidada. Y la halló limpia, podada, como en vigente faena digestiva. Los pineros le han puesto linderos a la manigua acechante, para preservar la precaria memoria de unos 280 colonos allí sepultados. Y se empeñan también en proteger las reliquias de la historia en la isla que Colón llamó La Evangelista y después nombraron del Teso-ro, de los Baños, de Pinos y actualmente de la Juventud. Es lo único material, además de un bungaló, sito también en Nueva Gerona, que resta del paso de los estadounidenses. El primer colono enterrado en el cementerio de los americanos se llamó Freeman Cooper, alemán que vino desde los Estados Unidos. Había nacido el 30 de enero de 1866 y después de varios años de trabajo falleció el 30 de noviembre de 1907. Su hijo Frank, norteamericano de nacimiento, administró la necrópolis hasta 1976, cuando regresó a su país. Yacen también allí míster Pierce, presidente de Isle of Pines Company, y míster Mills, dueño de otra empresa principal.

A partir de la ocupación militar de Cuba, tras la guerra hispano cubano americana, los colonos empezaron a desembarcar masivamente en Isla de Pinos, en una inmigración que, al igual que en Camagüey y otras provincias, se plantaba con el propósito de ir echando las bases demográficas para consumar en algún momento políticamente oportuno, la anexión de Cuba a los Estados Unidos. En Camagüey fundaron La Gloria City, cuya historia el escritor Enrique Cirules contó en un testimonio inolvidable: Conversación con el último norteamericano. Y en la región oriental es conocido Omaja, pueblo que Jaime Sarusky, recogió en un libro de sugerente título: Los fantasmas de Omaja.

Isla de Pinos, en cambio, ya parecía anexada a los Estados Unidos. La Enmienda Platt aplazó la definición sobre la soberanía de la segunda mayor isla del archipiélago cubano -prácticamente se la habían apropiado. Y sólo en 1926, por medio del tratado Hay-Quesada, este territorio pasó a la total jurisdicción de Cuba.

En 1901, Isle of Pines Company compró 21 120 hectáreas por 120 000 dólares, y más tarde las vendió en lotes diez veces por encima de su precio original. El fraude, más que la fecundidad de la tierra, convirtió a Isla de Pinos en una verdadera Isla del Tesoro para las compañías especuladoras. Sobre ese esquema publicitario –el tesoro oculto y la isla por descubrir-, los promotores de la colonización norteamericana entusiasmaron a centenares de pioneros que llegaron a poseer más de 2,000 propiedades, incluyendo los principales negocios, y fundaron pueblos como Columbia, Mc Kinley, San Pedro, Santa Bárbara, Los almácigos y San Francisco de las Piedras. Hacia 1913 residían allí más de 1,600 estadounidenses. Casi tantos como los pineros.

Estos datos, que quiebran con la rigidez de los hechos la emotividad romántica del cronista se los cedió después el historiador Juan Colina. Porque esa tarde en aquel ámbito donde el tiempo no existe, nada apuntó. Bécquer esparcía las hojas de otoño de sus rimas; Thomas Gray hacía sonar las esquilas de sus elegías... La experiencia hoy puede parecer patética. Ridícula incluso. Pero cualquier opinión no cambia la certeza de que la soledad y el olvido tienen nombres. Nombres inertes cuyo destino fue quedarse solos, sepultados en la vacuidad del dinero y del poder.

LA VISIÓN

Allí, en Galope, los ojos de Juana Duarte aún retienen la visión de un olor a azúcar del que sólo quedan retazos truncos o descomponiéndose, en medio de plantíos afamados como del mejor tabaco de Cuba.

Desciende de esclavos. Cuando nació aún no existía el central Galope. Pero se dispersaban por la zona las ruinas del ingenio Guacamaya, donde sus padres la engendraron. Nieta de isleño y conga, el apellido Duarte llegó a estas tierras acompañando a la Columna Invasora del General Antonio Maceo, que acampó en el Guacamaya, a cuyos límites pertenecía presumiblemente el sitio donde en 1916 se empezó a edificar el ingenio moderno, fracasado diez años más tarde.

La vieja es la única persona que allí puede mirar hacia el pasado y evocar enteras y nuevas la chimenea de unos 20 metros -ahora derruida hasta la mitad-, armada con cabillas corrugadas, piedras blancas y cemento, y las casas de mampostería, con portal de columnas, para los personajes que sabían cómo ordenar las máquinas y hacer cristalizar el azúcar en el punto exacto.

-Lo vi hacer; claro.

Cuántos años habrá que sumar para evocar gente y vida distintas. "Mire y saque la cuenta", responde y continúa demostrando lo que hacía en su juventud:

-Coser y cantar. Así: Argallú iloro baba ba cosó...

Y en sus ojos parece percutir el cuero de un tambor Yuka, que ya no se oye por esas tierras que el tabaco, entonces y por única vez en Cuba, le quitó a la caña de azúcar.

Quién te puso ahí, de pie

Los diarios de Bayona salieron el lunes pregonando una noticia que los editores aseguraban que impactaría a un público amodorrado por la laxitud del domingo, presente aún en el regusto del alcohol, en el estropeado estómago de cenas pesadas y tardías, o el rescoldo de una jornada campestre. Pero ninguno de los reporteros más avezados en esa ciudad francesa logró hallar la dramaturgia para exponer el hecho como en un aletazo imaginativo capaz de superar los escasos datos de la tragedia.

Contaron la historia de un modo que realzaba a la casualidad como el instrumento más a mano. Unos segundos después de que el matador empujara el arma que le propiciaría la gloria, el cubano Carlos Federico Aguirre y Sánchez se enfrentó al final de su existencia, mientras aquella tarde veía culminar una corrida, sentado en la silla que no era suya. Creía en el destino. Lo había confesado en Sensaciones de viaje, libro publicado a los veinte años, poco después de visitar Italia, Francia e Inglaterra. En este último país subió a un avión; voló sin miedo sobre el Canal de la Mancha. Lo acompañaba la convicción de que nada podría alterar la órbita de lo prescrito por los inexplicables engarces de lo que sucede y seguidamente habrá de suceder...

Desde aquella insólita tarde los habitantes de la usualmente apacible ciudad sólo supieron lo mínimo de un acontecimiento nunca antes y quizás nunca después ocurrido en su plaza de toros. Posiblemente, en ninguna otra arena.

Y mientras en Bayona se preguntaron durante decenios quién era el cubano muerto de manera tan increíble, en La Habana muchos transeúntes preguntan todavía: Qué des-tino te puso ahí, de cuerpo entero, tan joven y con palabras tan enigmáticas en el pedestal del parque que conocemos con tu nombre sin saber quién eres, Carlitos Aguirre...

Nació en 1901 y falleció 1923. El palacete eclético donde habitó lleva aún su nombre: Villa Carlitos, sito en la calle de San Rafael casi esquina a la entonces llamada Ronda. Hijo del coronel del Ejército Libertador Charles Aguirre y de doña Fredesvinda Sánchez, hermana de María Luisa, esposa de Orestes Ferrara, italiano, también coronel del Ejército Libertador, cuya ejecutoria política discurrió en el Partido Liberal, y en la diplomacia al servicio del gobierno del general Machado y luego, como ministro de Estado; su casa, hoy destinada al Museo Napoleónico, colindaba, por la parte trasera, con la casa de los Aguirre y Sánchez.

Ante la prematura e insólita muerte del hijo, Charles Aguirre erigió un parque a un costado del estadio universitario, entre las calles Mazón y Ronda, y encargó al escultor italiano Nicolin que fundiera el bronce con el cual perpetuar, en traje fino y de pie, la memoria del joven. En ese hecho, más que un halo maldito, como algunos transeúntes aseguran, perdura incorruptible una historia de amor paterno, una decisión de señor poderoso que intentó eternizar el breve paso del hijo con la supervivencia del nombre y la figura. Y si en el cementerio, sobre el panteón de los Sánchez-Ferrara sólo la jardinera conserva una escueta mención: "A Carlitos, sus padres", en el parque la devoción familiar fue más prolija y elocuente. En el pedestal de la estatua, una inscripción ya apenas legible, advierte: "Tempranamente arrancado de la vida por inconcebible tragedia cuando era ejemplo a la juventud y la mente vigorosa y fuerte voluntad eran presagios de indescriptible grandeza."

¿Exageración, irreprimible amor trocado en palabras insensatas? El expediente universitario de Carlitos Federico Aguirre y Sánchez revela que matriculó en la facultad de Derecho a los 17 años. El seis de julio de 1923 se le expidió el diploma de doctor en derecho civil. Y la mayoría de las asignaturas muestra el cuño de sobresaliente, con premios. Uno de sus profesores definió su vida como "el breve esfuerzo de una mente electa". El premio por sus méritos estudiantiles consistió en un viaje por Europa.

El 2 de septiembre, en la plaza de toros de Bayona, el matador se disponía a concluir la faena. Los espectadores callaron. Casi se escuchaban los bufidos del toro. Sus pesuñas delanteras ahuecaban el suelo.

El torero alineó la espada a la altura de sus ojos.

El arma, delgada y puntiaguda temblaba en el aire ante de ir hacia el blanco.

En las gradas, Carlitos Aguirre se levantó y cedió su asiento a la joven norteamericana que lo acompañaba. Ella había dicho: "Me molesta el sol..."

La espada entró en la testuz del toro.

Carlitos ocupó el puesto de la señorita Straus.

La bestia sacudió la cabeza...

El hierro se desprendió como si un arco tan tenso como la cólera la hubiese disparado...

Desde su nueva posición, segundos antes de morir, Carlos Federico Aguirre y Sánchez permaneció alelado, mirando aquel proyectil que en el rebrillar de su parábola sintonizaba el pecho del joven, entre miles de cuerpos suspendidos en un grito de sorpresa y miedo.

CATEQUESIS EN PRISIÓN

Los padres y los hermanos trajeron el cadáver al pueblo. El juez de Alacranes ya había anotado en sus actas que aquella guajirita, de apenas 15 años, se quitó la vida del modo que por aquellos años era común entre los pobres: pegándose candela, como decía la gen-te. La razón era también la usual: a dónde iría una muchacha grávida, abandonada por el novio y con un padre que, al conocer la novedad, la expulsaría de la casa.

El cortejo fue a la iglesia para recabar del párroco el entierro en el cementerio. Cuando preguntó la causa de la muerte y le dijeron que por mano propia, el ministro sagrado, soslayando quién era el jefe de su gabinete, se comportó como cualquier ministro de la época. Prepotente, airado, insensible. Y se negó a sepultar a la muchacha, como si rechazara una solicitud de empleo o de aumento de sueldo.

-Los suicidas no van a tierra cristiana.

El doctor Waldo Medina se enteró entonces del conflicto municipal en que se había introducido su magistratura. Quiso impedir, de una vez, que la autoridad eclesiástica repitiera el escándalo. Y a pesar de prever que con su acto se armaría, como él gustaba de decir, la de Dios es Cristo, ordenó al alguacil que enterrara a la difunta en el cementerio entonces administrado por la Igle-

107

sia. La tierra no sabría discernir entre el cristiano y el musulmán, entre el fallecido en su cama y la asesinada por las estructuras injustas, pues eso, para él, era el suicidio de esta muchachita.

-Después –recalcó-, mete preso al cura.

Y como había supuesto, desde el obispo hasta el último sacerdote de la diócesis condena-ron aquel sacrilegio con sermones, artículos y cartas. Los jefes de La Habana enseguida acallaron el alboroto reprochándole al juez su decisión.

El doctor Medina, sereno en su cuerpo de pulgarcito, respondió que no había pasado na-da. ¿Por qué tal barullo, si fue solo una noche? Sí, una noche, para que el cura aprendiera el Evangelio como Cristo murió: entre ladrones.

La salsa de la vida

El plato parece sacado de la piedra filosofal de los alquimistas antiguos. Aún se ignora mediante qué manos y en cuál cazuela se conjuraron sus ingredientes. Y a qué tanto formalismo, tanta exigencia de certificado de nacimiento, si tenemos la certeza, por el paladar, que la salsaperro es un bocado tangible, deleitable. Pero si alguien quiere saber, ejerciendo su derecho a saber, el cronista le dice que cualquier dato sobre el origen de este milagro gastronómico solo se halla en la leyenda.

El único informe cierto es que la salsaperro distingue la gastronomía de Caibarién, puerto de la costa norte en el centro de Cuba, y en cuya entrada, viniendo desde Santa Clara, la capital provincial, un cangrejo de hormigón recibe al visitante como si reafirmara con su fisonomía multipédica de transeúnte marino, la vocación de la ciudad: la pesca. Se conoce, además, que este manjar se cuece de acuerdo con una receta conocida después de la apertura del hotel España, en 1912.

Una noche sin fecha, tarde ya, un viajero tocó en el portalón del albergue. Le abrieron los dos propietarios, que eran a la vez cocinero y camarero, y el viandante pidió de comer. Le respondieron que no había, al menos nada digno del apetito del señor. Salvo, sí, un perro cocido en salsa que ese día habían concebido como un experimento. Nadie lo había probado, así que le propusieron al viajero saciar su hambre y actuar como catador. Poco después, una rueda emergía ante la cuchara apremiada, rodeado de salsa -entre espesa y ligera- como un islote, un peñón, un cayo de los que se asoman ante la Villa Blanca de Caibarién. El hombre comentó entusiasmado la química ardiente, sudorífera, restauradora, paradisíaca de aquella comida que a él, peregrino de muchos pueblos, no le habían servido nunca.

Sobre una de las hornillas habían hervido varias cabezas de pescado, aderezadas con una mínima dosis de especias. El caldo luego se convirtió en consomé, y se puso nuevamente en el fogón, y al volver a hervir, sepultaron en el caldo rodajas de papá, y luego de ablandarse, las acompañaron porciones de cebolla, partículas de ají, ajo puerro, perejil, hojas de laurel (en breve proporción), y seguidamente mojo -compuesto con ajo, aceite, sal- y una taza de leche y puré de papa. Ya, en su punto, apartaron la olla del fuego y le añadieron ruedas de perro para que se cocinaran con el calor de la salsa.

Esa es una de las leyendas del origen de la salsaperro. Las otras no caben en esta página, pero cuentan que el plato surgió en el mar, en una embarcación pesquera. Del hotel al barco, del barco al hotel, es lo mismo. El plato existe, acusando su raíz en la cocina hispana. Ante el cronista el humo del cado coqueteaba con sus narices y se desbordaba de salsa blanca, coronada con una masa de perro, pez de las aguas de la

plataforma insular de Cuba, y tres o cuatro rodajas de papa, como témpanos que reducían el
picor del ají. Al levantarse de la mesa, el chief y
su ayudante le pidieron el parecer. La escena parecía decisiva; se demoró para tensarla.

-¿Y bien? -reiteraron.

Fuego y deleite, dijo al fin. Fuego y deleite. Quizás lo mismo que aquel viajero, una no-che im-
precisable.

EL MILAGRO DE SAN BENITO

En medio de la penumbra, el doctor Betancourt, sin otro nombre al alcance del cronista para cifrarlo completamente en los anales del ingenio y la bondad, entró en la celda y dijo: Soy tu defensor. El preso, cuyo pie izquierdo se apoyaba en un camastro adosado a la pared mientras las manos descansaban cruzadas sobre la rodilla erecta, replicó como si en definitiva nada fuera ya importante:

-Doctor, se equivoca; no tengo dinero.

-No importa. Quieren escarmentar contigo...

Los periódicos habían magnificado el hecho. Y la jerarquía eclesiástica de Camagüey pedía castigar con prisión perpetúa al sacrílego.

El doctor Betancourt solo exigió del preso la verdad. Y la verdad era que, viudo, con cinco hijos y sin trabajo, entró una tarde en La Merced y se plantó ante el altar de San Benito a rogar por un milagro. La nave anticipaba la penumbra de un atardecer prematuro en aquel invierno en que aún se oían los crujidos del crac del 26. De pronto se fijó en el copón de oro que la imagen sostenía en una de sus manos y que refulgía al llamear de las velas... Sin sopesar los riesgos, lo tomó. Unos metros más allá de la templo, un policía lo detuvo.

El doctor Betancourt sonrió poniéndose de pie.

Ya estás libre. El rostro del negro no conocía la esperanza. El letrado le aclaró que estaría libre si le dijera al juez lo que su defensor le diría que debe decir. El preso se resistió a mentir en algo que supuso increíble. Pero, al fin, aceptó confiar en el doctor Betancourt.

La mañana del juicio el acusado contó que, el día de autos y siendo él devoto de San Be-nito, le contaba al silencioso monje de Monte Casino su tragedia de padre sin trabajo y sin dinero, y oyó de pronto: "Coge el copón y véndelo." Al principio, dijo, quedé como una piedra. Y minutos después le hice caso al santo...

El obispo y sus clérigos se retorcieron, condenando en un murmullo el nuevo sacrilegio.

El doctor Betancourt pidió al juez le permitiera hacer una pregunta al prelado y a los teólogos presentes. En esta pregunta se fundamentará mi defensa: ¿Es o no es posible un milagro como éste?

El obispo miró a sus colaboradores. El silencio parecía una espina. Y el doctor Betancourt punzó la respuesta: ¿Es posible o no es posible, Ilustrísima?

El pastor, apenas en un susurro, admitió que, en efecto, era posible a la luz de la fe.

-Amén, dijo el defensor.

-Absuelto –dijo el juez.

La profecía del Padre Jenaro

Recoleta, empinada, silente, Matanzas parece
ciudad apropiada para un milagro de los que se
sucedían en el Medioevo. Y prevaliéndose de
esas dotes de atmósfera y paisaje, el cronista
contará lo que el propio protagonista escribió
muchos años después. Si miente, aténgase este
hombre de sotana al juicio de Dios, y si fue coin-
cidencia, sirva el caso para guardar cierto respeto ante aquello que ocurre y no tiene una explicación más verosímil que la casualidad.

Mediaba quizás la mañana, cuando el cura entró en la habitación y la mujer, que aparentemente agonizaba, apartó de un tirón la sábana
mostrando el ojal negro del pubis y las peñas
insolentes de sus pechos. Al gesto siguió las car-
cajadas de la dama desnuda y de varios jóvenes
ocultos en el cuarto.

El sacerdote, sin embargo, obró contraria-
mente a lo que buscaban los provocadores. Le
había advertido un amigo leal del juguete cómico que lo tendría como actor invitado. Y sin
escandalizarse, en voz queda y compungida, con
la seriedad de su ministerio, dijo en broma o en
una sutileza de su cólera:

-Tápenla que, en verdad, ella se está muriendo.

Más risas. Y él, en silencio, acolchando su ira
en el pesebre de la paciencia, se marchó a una
vivienda cercana con el propósito de bautizar a

un niño gravemente enfermo.

Lo habían llamado desde el barrio de La Marina pidiéndole, con apariencias de seriedad, que le administrara la extremaunción a una agonizante. Era habitual que lo importunaran. De día o de noche. En persona o a través de los periódicos. Para el párroco de la Catedral de San Carlos, la paz no significaba un atributo del sacerdocio que ejercía desde 1918 en la iglesia mayor de la diócesis de Matanzas.

Ateos y masones en guerra contra el clero, o provocadores necesitados de reír a costa del ridículo ajeno, perturbaban al padre Jenaro que en aquella época –según propia confesión- condimentaba su carácter con pólvora.

Esa vez, cuando el padre salió a la calle, después de cristianizar al infante, encontró que entre los bromistas de aquel acto de nudismo, la risa de unos momentos antes se había mudado al llanto. Y supo, con horror, que el carisma de la profecía no bajaba sólo sobre los santos y siempre con plausible justificación.

Aquella mujer, en efecto, murió tras marcharse el padre Jenaro.

CABALLITO MAMBÍ

Una noche, Mambí no avanzó más. El doctor Waldo Medina regresaba de visitar a sus padres, residentes en Cidra, poblado al que el poeta Rafael Enrique Marrero, su amigo, definía como un pueblo que "topográficamente" era "un monstruo sesteando". Iba hacia Alacranes, donde regenteaba el juzgado, y al entrar en un puente, el caballo se paró. La rigidez lo transformó como una bestia de mármol.

El joven doctor Medina empleó todo el muestrario de zalamerías con el que, al paso del tiempo, había alfabetizado a su potro. Le habló en un susurro al oído, le pasó la mano melosamente por la crin, le prometió una pradera infinita de pastos acaramelados.

Pero Mambí, su caballito Mambí, como decía, no se movió. En torno, la oscuridad apenas concedía visión para columbrar las pasarelas del puente. Y los oídos solo distinguían las llamadas intermitentes de los grillos y las arañas.

Mambí anduvo cuando el jinete, desconcertado, y hasta cierto punto decepcionado, haló las riendas hacia la derecha para volver a la casa paterna. El juez ya había ganado parte de su prestigio de justo y valiente al fallar regularmente a favor de los pobres. Ni casatenientes, ni latifundistas, ni prestamistas, ni caciques políticos de fusta y fraude lo pudieron manipular como aliado. A inicios de su ejecutoria, en Corralillo, varios disparos le agujerearon el pecho, como una red de pescar. Pero el plomo esquivó el corazón del doctorcito.

Esa noche, la terquedad de mulo del caballo le había salvado la vida. Al otro lado del puente, cuchillo en mano, un hombre se agazapaba para cobrar un salario por la muerte del juez.

VANIDAD CONCENTRADA

Esa revolución se había diluido. El fervor patriótico solo alcanzó para revolcar los edificios donde el gobierno distribuía su poder. El cambio tocó exclusivamente a las nóminas. Donde había un conservador, hubo desde entonces un liberal. Aquel personaje recibió el nombramiento de director de La Gaceta Oficial.

El cargo, al parecer, no le resultaba digno de su ejecutoria, y en el directorio o machón del primer número publicado bajo su égida, y en los siguientes, reprodujo un sumario autobiográfico, precedido por la partícula ex.

De ese modo, la brillantez del pasado compensaba la irrelevancia del nuevo destino.

Eran, en suma, unas cuatro líneas de plomo que presentaban al director del boletín del Estado como una eminencia, a fuerza de amontonar valores, cargos y funciones en desuso. Decía, por ejemplo: Doctor Fulano de Tal —omito el nombre y las ínfulas por no lastimar a sus descendientes- y debajo una piña tipográfica exponía:

Ex alumno del Colegio de Belén, ex capitán del Ejército Libertador,

Ex inspector escolar, ex jefe de la Lotería Nacional,

Ex secretario de la presidencia,

Ex jefe de los almacenes de Obras Públicas,

Ex director de El Heraldo...

Y póngase cuanta minúscula función había realizado el prohombre durante la república.

Uno de sus amigos, el periodista y poeta Alberto de Jesús Calvo –y cito el nombre para enaltecerlo-, hombre manso, pero con una herradura en cada palabra, se acercó y le advirtió que en la retahíla de ex se le había olvidado uno.

-¿Cuál? –preguntó el doctor.

Calvo respondió:

-Ex... celente.

LA IMPACIENCIA DEL "GALLEGO"

En la sierra de Guamuhaya, el macizo al que todos llaman impropiamente Escambray, y por la Sierrita, en la jurisdicción de Cienfuegos, aún camina el Gallego Otero con un paso que aparenta cansancio en lo que es cautela.

Si le registramos el alma, mil cicatrices componen dentro un código de dolor. Oyó el disparo con que su padre rehuyó la angustia de no poder alimentar a sus hijos, en 1933, después que lo estafaron.

Cuando el Gallego tuvo su primer trabajo como leñador y ganaba un peso diario, se las arregló para ahorrar, y a los seis años tenía 500 pesos. Subarrendó una posesión del monte, y la plantó de café: dieciséis mil matas le compensaban los ojos de cuanto habían tenido que mirar hacia la nada.

Al morir el arrendatario, el dueño de la finca, viendo la manigua cambiada en vergel, quiso expulsarlo. Otero contrató un abogado. Pero el letrado se vendió al propietario. Y mañosamente perdió el litigio.

Otro abogado le dijo a Otero:

-Sólo haciéndole firmar al dueño un papel en blanco y tomándole las huellas digitales se puede echar atrás el fallo del juez.

El campesino le dijo: prepare el papel. Luego pidió el revolver prestado a cierto amigo, que lo miró de reojo al oír sus razones. Si habrá de sonar un tiro, no sería para mí mismo, como hizo mi padre.

Esperó al expoliador en la ruta hacia las lomas, recostado a una palma cana. Salió al camino; tomó bruscamente las riendas y detuvo el paso del caballo. Le dijo al hombre: Bájate, y con él se metió en el monte. "Coño -le advirtió-, la miseria es larga y yo no estoy dispuesto a esperar tanto; te mato si no firmas este papel.

Sin embargo, fue justo: pagó lo que a aquel fullero le correspondía.

El cohete que voló bajito

Como un aviso parecido a ésos que se ponen en las puertas o las paredes -¡Ojo, pinta!; ¡Cuidado, hay perros!- los cubanos pregonan cierta fama. Al cronista no le molestan esos juicios que, a la corta, derivan en prejuicios cuyo equívoco ahora no puede esclarecer. Y por tanto aceptará que la desmesura sea rasgo casi insolente de nuestro carácter, y admitirá que somos amigos de las utopías, de eso que llaman "cosas de locos". ¿Pero será tan difícil preservar la justicia, incluso la caridad debida al prójimo, aceptando que a veces el afán de sobrepasarnos, de ir más allá —el plus ultra de los descubridores- nos ha puesto entre los anticipadores, los pioneros de inventos hoy convertidos en cotidiano re-curso?

Por supuesto, no es una exageración más, propia de la índole cubana del cronista. En efecto, Cuba está, digamos, entre los pioneros de la cohetería espacial. Y este episodio exactamente histórico lo demostrará.

Era el 15 de octubre de 1939. El ambiente campestre del Casino Deportivo, en La Habana, se resentía del bullicio de centenares de personas. El público se aglomeraba atraído por el momento en el que verían al progreso ganar certeza, saltar límites... La expectación y la ansiedad se filtraban entre la brisa y la luz de aquella mañana. Algunos concurrentes, sin embargo, esperaban confirmar si, como pregonaban ciertos vaticinios, el episodio derivaría hacia un final ruidoso y chusco.

Solemnes y discretos, los funcionarios del gobierno habían llegado a la cita. Escéptica e incisiva, la prensa.

En medio del gentío, aquel artefacto revestido de aluminio en las 50 pulgadas de su fuselaje de bala. Dentro de unos minutos despegará oficialmente, en La Habana, el primer cohete postal cubano. Entonces el mundo pretendía acelerar el correo utilizando la aviación y la cohetería, todavía incipientes. El Club Filatélico de Cuba se sumaba a los experimentos de otros países. El pirotécnico Antonio Funes, fabricante del proyectil, encendió la mecha de la pólvora.

Mucho humo. Silencio. Un leve zumbido. La vista arriba… A los pocos metros de altura, el cohete perdió impulso, se inclinó sobre una breve parábola y cayó como velamen sin viento. Una carcajada, tan ancha como el parque, acompañó la decepción de los promotores.

Pero un sello de correo registró el hecho. Y muchos años después, esa estampilla verde, pieza casi inasible, se convertía en el punto de partida de la temática del Cosmos entre los filatelistas del planeta.

El Diablo en Santa Fe

Corico, cuyo bohío se mal encababa cerca del aeropuerto en construcción, nunca reparó en el trabajo que por esa zona realizaban varias cuadrillas con picos, palas, aplanadoras. El día del primer aterrizaje, cuando oyó el trueno interminable del Ford trimotor y vio la nave echarse sobre la tierra, corrió espantado hacia el pueblo.

Las cosas en Santa Fe, en la Isla de Pinos, no parecieron cambiar cuando llegó en 1939 la señora Virginia Hernández, respetuosamente apodada después Vieja Gorda. La dama padecía de una afección renal. Apenas podía mover su anatómica cruz de grasa y masa. Su hijo, que en 1920, con seis años, se había curado allí de un mal del estómago con las aguas salutíferas del balneario, alquiló un avión de la Panamerican, y solicitó anuencia en la Ciudad Militar de Columbia para aterrizar en la pista del Presidio Modelo, a unos 15 kilómetros de los baños. Lo tacharon de loco. Y él respondió que no sé si lo soy, pero tengo a mi madre enferma y la corazonada de que el vuelo terminará en fortuna.

Santa Fe entonces languidecía entre ruinas. El hotel negó el hospedaje a la enferma. Quizás porque la habrían visto casi con un pie más allá de la oscuridad, evitaron demeritar con los ecos de un muerto el pálido crédito del hotel. La vivienda de un vecino la alojó caritativamente.

La señora bebió agua, mucha agua. Y a las pocas horas sus riñones la desaguaron como por un manantial de inmundicias. Se curó. Y agradecida, Virginia Hernández edificó una casa para residir en ciertas temporadas, y detrás, una capilla de dos plantas consagrada a Nuestra Señora de las Mercedes.

La gratitud de la Vieja Gorda no se replegó, sin embargo, tras esa obra piadosa. Y propuso que en la esquina de un pinar, apropiadamente talado, una pista de aviación facilitara a otros pacientes volar desde La Habana. Conversó con míster Robert Irving Wall, gerente de la Santa Fe Land Company. Y pagando con su peculio a unos obreros y apelando a la colaboración de los vecinos, la señora logró ajustar la pista para el 24 de febrero de 1940. Agustín Parlá, pionero de la aviación cubana, había aprobado dos días antes la aptitud del aeropuerto. El renombrado experto pronunció también el discurso de apertura del aeródromo, delante de una bandera tan ancha y larga que podía sombrear el campo.

Poco más tarde, Corico corrió, como loco, aquel día único. Unos dicen que gritaba: ¡El mundo se acaba! ¡Se acaba! Otros aseguran que nada podía decir, porque traía el miedo en la boca y en los ojos.

Cecilín Pantoja, mal improvisador, pero propietario sin impuestos de una lengua de anguila, es hasta el momento el testigo más creíble. Testimonió el hecho con palabras que nadie jamás ha osado modificar. Compuso una décima; tal vez lo único, aparte de la bandera, que permanece del aeropuerto:

La primera vez en llegar

el avión a Santa Fe,
Corico corriendo fue
al cuartel de la Rural;
al verlo así el oficial
al que asustado llegó,
enseguida preguntó:
Paisano qué a usted le pasa.
Ay guardia, que allá en mi casa
el diablo se me aposó."

Entre el sabio y el simpático

La Asociación de Reporters de La Habana ha convocado a elecciones. La plaza de bibliotecario quedó vacante por deceso de su titular. Y a sustituirlo aspira, en una candidatura de muy pocas posibilidades, un doctor con varios libros de historia en su ficha, y que parece llevar el pecho tan erguido, como si la camisa de la sabiduría se lo apretara.

El otro candidato, al que las encuestas efectuadas en el edificio de fachada neoclásica de la calle Zulueta le otorgan la ventaja, es un simple reportero, ágil, efervescente y volcánico colega, con el chiste perennemente sobre el cráter de sus labios.

No hubo sorpresas, como suelen decir los periodistas al evaluar unas elecciones. Ganó el predicho.

El nuevo bibliotecario ha empezado a dedicar algunas horas a ese empleo supernumerario. Una mañana, por el local ha llegado, libros bajo el brazo, el perdedor. Tras el saludo, pregunta a su rival cuál sistema de clasificación utiliza.

-¿El Dewey, o el Decimal...?

Presumiblemente, la mala fe, el propósito de insultar con su sapiencia la indocta victoria de su rival, ha intervenido en tal averiguación. Y el otro, asomando la cara, entre una loma de volúmenes sin ordenar, evita titubear, y recurre a

127

una de sus chispeantes ocurrencias.

-Yo uso el sistema caratulario...

-¿Qué es eso?- se asombra el doctor.

-¿No lo sabe usted, doctor? Las carátulas que me gustan a un lado; las que no me gustan, al otro.

LA PATRIA, EL SEXO Y EL SUCU SUCO

Cimbra todavía el sucu suco en los zapatos de los bailadores. Vibra aún en el laúd de Mongo Rives, guajiro de voz aguda y recia que mantiene vigente un ritmo compuesto en la Isla de Pinos, a mediados del siglo XIX. El sucu suco es el molde de los episodios costumbrista, la crónica un tanto satírica de lo cotidiano.

Fue el compositor Eliseo Grenet, autor de Mamá Inés, quien le cambió la o por la u en la última palabra, cuando en la década de 1940 la varita mágica de su talento echó a volar la música pinera por los escenarios, los salones, los gramófonos, la radio de Cuba y de otros países en los que la gente oyera y bailara con la música cubana. Pero desde el principio no se llamó sucu suco, ni sucu sucu. Surgió hacia 1840 con el apelativo de rumba, y rumbita. Y en 1910, le pusieron cotunto, y a partir de 1920 el pueblo lo renombró como sucu suco. Aún hay desacuerdo en la clasificación. Los pineros consideran al sucu suco como un ritmo nuevo en su origen, pero con el son montuno dentro. Alegan que es un son distinto. O "mal tocado". La diferencia se aprecia en la percusión. La tumbadora y los bongoes, donde laten las células rítmicas, suenan de otra manera en el sucu suco. Los estudiosos, sin embargo, lo clasifican como una variante del son. No se conoce exactamente cuál fue primero: si el sucu suco o el son. Están muy emparentados. En 1840 se interpretó el primer sucu suco. El nombre definitivo provino de los norteamericanos. Ellos -nuevos colonos en Isla de Pinos- preguntaban al oír el ritmo por la razón de "ese suc, suc". Y esa onomatopeya era el rayado que producían los pies sobre el piso al bailar la rumba o el cotunto y el sonido que despedían los instrumentos, entre ellos el machete de trabajo frotado con otro metal.

Uno del sucu sucos más célebres es el de Felipe Blanco. Grenet lo popularizó con otra letra. Y ella inspiró que se le asumiera como una metáfora sexual. "Conozco a una chi-quita, / alegre y sandunguera / que está media loquita, / caramba, por ver al majá... Ya los majaes no tienen cuevas / Felipe Blanco se las tapó / se las tapó, / se las tapó / que lo vide yo."

Es común el criterio de que Felipe Blanco delató a los insurrectos que protagonizaron el levantamiento de 1896 en Isla de Pinos, y que se habían refugiado en cuevas. Los españoles decían: "Los majases no tienen cuevas / Felipe Blanco se las tapó, / se las tapó, se las tapó / que lo vide yo." Y los patriotas ripostaban: "...Felipe Blanco los traicionó, / los traicionó, los traicionó / que lo vide yo." Y seguía otro verso: "Martínez Campo tenía una flor / y Maceo se la quitó, / se la quitó, se la quitó / que lo vide yo."

Allí, en la actual Isla de la Juventud, al suroeste de Cuba, cuidan y veneran al trovador como a un valor del patrimonio local. Bailadores rebautizaron a Rives con el sobrenombre de El rey del sucu suco. Cualquiera acude a él para proponerle fijar en música algún incidente. Una vez, en una cafetería de Nueva Gerona servían té y café en tazas sin asa. Un cliente, viendo allí al trovador de quemado y resignado consumidor, lo conminó: Ea, Mongo Rives, meta esto en un sucu suco. Pues ya está hecho, respondió. Y de vuelta a casa, se empalmaron los versos del estribillo, luego el resto de la letra y también la música: "La taza no tiene asa / y no la puedo agarrar, / si sigo con esta taza / al fin me voy a quemar...'

Un burro humano

Perico nació en Cerro Calvo, contornos de la ciudad de Santa Clara, hacia 1914. De allí salió a cumplir el destino de los asnos. Ah, si lo hubieran elegido como cabalgadura de un profeta, o de un escudero, o como juguete de un niño poeta, su gloria tendría más ecos de artificio, de cascabeleos perdurables en libros, templos y academias.

Fue, sin embargo, a tirar de un carretón de helados, y luego de otro carromato donde se vendían objetos de ferretería, y, finalmente, de uno que transportaba botellas. Siempre con el mismo amo, Bienvenido Pérez, alias Lea, persona probadamente generosa. Además de tratarlo con afecto, cuando 15 años más tarde prosperó y adquirió un vehículo motorizado, premió al burro con el diploma de la libertad, y lo autorizó, después de no hacer nada, a transitar en horas diurnas por las calles, y una vez al año visitar a Cerro Calvo, como había hecho algunas veces sin permiso, para solazarse con los burros que nacían y crecían en aquel criadero.

Muchos pensaban que esas excursiones a su patio natal respondían a las contracciones de urgencias genésicas. Mal pensamiento. Perico era inocente. Había sido castrado antes de salir al mundo a trabajar. Fábrica de burros –decían los Pacheco, dueños del corral- solo la de Cerro

Calvo. Tal era el negocio.

A Perico, de inmediato, no le satisfizo la jubilación. Y en ello se asemejó también a ciertas personas que estiman que dejar de laborar implica
aislarse, someterse al olvido. Cuentan que
cuando vio el camión que lo sustituiría, puso sus
patas sobre las defensas delanteras para impedir que rodara.

La rebeldía duró minutos. Perico asumió su
nuevo destino de holganza. Y desde ese instante,
comenzó a moldear su definitiva identidad. Poco
a poco se pegó como una calco-manía habitual y
cansina en las calles. Como una estampa de
mansedumbre. Trotaba cabizbajo por las vías
más céntricas. Por Villuendas, Marta Abreu.
Por todos los barrios. La Pastora, el Carmen,
Buen Viaje. Al principio no fue tolerado. Pero
un día y otro, un caramelo de un niño aquí, un
sorbo de refrescó allá. Y no se sabe con exactitud
cuándo, una tarde Perico tocó con sus cascos a
una puerta y rebuznó tan delicadamente que el
toque y el rebuzno le parecieron a la familia
como de humanos. Le dieron pan. Y jornada tras
jornada, el burro pasaba a la misma hora, por la
misma casa, por la misma ruta. Los automóviles
frenaban para cederle el paso. Y él, si el tráfico
se encimaba, subía a la acera para no estorbar.

Perico falleció tranquilamente a los 33 años.
Había vivido en la mansedumbre. Y en ella murió. Unas fiebres lo acometieron en la calle. Retornó a la botellería de su antiguo amo, en San
Cristóbal y Maceo. Y luego quedó quieto,
quieto...

Un senador de la República deshojó sobre su
tumba un papel de lágrimas y alabanzas.

La esquela mortuoria prometía no olvidarlo, porque había sido un burro "bueno e inteligente como humano".

Y un titular en The New York Times informaba a la urbe y al orbe:

"Perico ha muerto."

MÁS DINERO, SÍ; JEFATURA, NO

Cada amanecer partía de la ciudad de Matanzas hasta la estación de Hershey, en el único tren eléctrico de Cuba. En el trayecto de tantos años, se fue familiarizando con un algarrobo mientras miraba plácidamente el paisaje ondulado y verde. Observaba el árbol cada día, y le fue pareciendo que su incalificable altivez resaltaba como un desafío a la soledad de la campiña. Pretendió incluso componerle un poema.

No era fuerte; su pecho, sus músculos y su estatura mostraban las medidas de cualquier hombre normal. O más claro: ni bajo, ni alto; ni ancho, ni estrecho. Era tierno. Culto. Leía y subrayaba sus libros. La humildad le era afín. Le habían impartido una lección definitiva. Fue durante un examen de zoología en el bachillerato. Presidía el tribunal don Carlos de la Torre, y basta la mención de su nombre para explicarnos la contundencia del maestro. El joven estudiante sacó una bola. Ah, lo que más yo sé, dijo en voz alta, y empezó a decir cuánto sabía. Luego, don Carlos dijo: Muy bien, joven; pero le faltó decir esto, y esto, y Enrique Pichardo se fue poniendo pequeño, pequeño para siempre...

Pero la humildad no le excavó un reducto de justificaciones y vueltas de espaldas. Los americanos del Hershey lo llegaron a valorar con justicia. El juez Waldo Medina también respetaba

135

el carácter de Enrique: eran del mismo pueblo: Cidra. Cuando el juez municipal se negó a tolerar el fraude durante las elecciones de 1940, lo eligió entre los candidatos a jefes de los colegios electorales. Enrique, aquí no pueden votar los vivos dos veces, ni los muertos una vez. Ni la guardia rural cambiar las urnas. ¿Claro? El general Batista no ganó en Santa Cruz del Norte. Pichardo ejercía de contador en el Hershey. Y si los versos, a pesar de gustarlos en poemas ajenos, no acudían a sus llamados, los números, en cambio, se subordinaban a las operaciones de aquel hombre habitualmente discreto en el decir. Una vez, los americanos le subieron el sueldo. Le extrañó, porque no lo había pedido, aunque lo consideró justo. Un tiempo después, otro aumento. Al fin, con el último escalón salarial, empezó a ganar más que el jefe del departamento. Porque usted ser más listo... Saber mucho.

-¿Si es así, por qué no soy el jefe?

-Ah, usted querer saber...Mire, usted no ser el jefe, señor, porque usted no dejarse dominar.

LA PROTECCIÓN DE MARÍA MAGDALENA

Había envejecido diciendo de vez en cuando que aún se estremecía al recordar aquel episodio. ¿Con quién lo habrían confundido? A decir verdad, evitaba incluso hablar mal del gobierno. El color de su bandera era el blanco. Quería vivir, gozar su juventud. Aquel día esperaba un ómnibus de la ruta 4 en la avenida del 10 de Octubre y Acosta cuando una radio patrulla, una perseguidora, como la llamaban, se detuvo delante del joven.

Apenas unas pulgadas lo separaban de un policía de hombros cuadrados, con un bigote delgado como un fideo. El agente lo observó hoscamente a través de la ventanilla. Se bajó. Alto y sólido, levantaba una ametralladora Thompson sobre el hombro. Le dijo:

-Oye, tú, negro, acompáñame, que hace tiempo te andamos buscando.

-¿A mí, a mí? Si yo no me meto en nada, policía...

-Sí, tú; vamos a ver si en el calabozo se te van a olvidar las bombas que pusiste, fidelista de mierda...

-Por su madre, agente. Yo soy un hombre de trabajo.

El policía lo agarró por un brazo intentando meterlo en el automóvil azul y blanco. Entre alaridos, el detenido empezó a forcejear, a resistirse. Detrás, los ómnibus -largos, verdes, modernos, recién comprados a la General Motors-hacían sonar el claxon para romper el tranque del tránsito. Por las ventanillas, los pasajeros asomaban la cabeza, compadeciendo al joven, pero distanciándose de cualquier actitud de apoyo, mientras lo oían alegar ante los uniformados: Se equivocan, se equivocan...

En la estación número 14, frente la esquina de Arnao y 10 de Octubre, donde la cafetería de los Guajiros preparaba el mejor batido de mamey de La Habana, el "Niño Valdés", matarife famoso en Arroyo Apolo y otras demarcaciones, iba a ensañarse apretándole los testículos hasta que, con ellos en la mano, ordenara arrojarlo en una cuneta de la Calzada de San Miguel del Padrón. Eso lo sabía el preso, por habérselo oído a sus amigos del barrio. Cuando lo empujaban hacia dentro del automóvil, María Magdalena se aproximó. Apresurándose se interpuso entre el policía y el joven. Déjelo, oficial; yo lo conozco. El policía la miró. La miró de modo que la fue registrando desde los ojos azules y anchos hasta las piernas compactas, macizas, y luego subió hasta las nalgas sobresalientes, insinuantes en la curva que se desplazaba desde la espalda como en una pendiente suave y redonda. ¿Lo conoce? Sí; es mi vecino; buen muchacho. Y qué garantías tengo- preguntó el policía sin dejar de bojearla. La mujer dijo que ella misma. Si quiere monto con usted; conversamos, le firmo un acta... Lo que usted pida.

Luego el policía le ordenó al negro: vete, vete. Y él corrió hacia la parada más lejana pensando que María Magdalena sabría resolver el trance. Su fotografía era una de las más señaladas por los clientes en aquel prostíbulo fino, costoso, donde trabajaba, frente al mar.

CRÍA FAMA…

Diminuto, con dos o tres varas de calles, según el juicio de una imaginación desmesurada, Buenavista sufría un temporal de robos y hurtos. No había amaneceres en el pueblo sin un gallinero forzado, un chiquero despojado de su huésped, o una tendedera desaparecida.

Salvando la comparación, allí, según la queja de los vecinos, se robaba más que en Remedios o en Zulueta, pueblos cercanos en la entonces provincia de Las Villas.

Todos los días, cuando las parejas de la Guardia Rural se aprestaban a salir de recorrido por los campos, jinetes en altivos caballos percherones, el sargento Torres, jefe del Pues-to, les recomendaba averiguar por cualquier indicio que condujera a los culpables de la creciente delictiva.

Los vecinos más allegados al poder, demandaban del sargento que apresara y procesara a Marcos Pérez…

-Ese ladrón, con cara de inocente.

Marcos Pérez, en verdad, había cumplido varios arrestos por delitos de menor cuantía, según el fallo del juez que solo lo multaba en cada ocasión.

El sargento no estaba seguro de que Marcos Pérez fuera el autor de tanto crimen. Hombre viejo, avezado en el uso del uniforme, no aceptaba el dictamen de los prejuicios. To-dos en el pueblo le reconocían cierta bondad de nacimiento. Pero la presión desbordó su honradez, su costumbre de ejercer con justicia la jefatura en medio de la costumbre nacional de abusar del poder uniformado. Y una tarde envió un par de números a detener al presunto delincuente.

Esa noche, los vecinos pensaron que al despertar ya no habría sorpresas: todo permanecería en su puesto, como siempre había sido. Sin embargo, los madrugadores escucharon la alarma en la casa de uno de los habitantes más conspicuos del pueblo: habían entrado en la tienda de víveres, y por lo menos una pierna de jamón, una lata de galletas y un saco de arroz lograron sustraer los ladrones.

El sargento sacó al preso del calabozo; lo llevó al portal del cuartel, y exigió la atención de los transeúntes:

-Fíjense, señoras y señores...

Y añadió de modo que grabó una frase para el refranero:

-Por lo ocurrido anoche, hay muchos Marcos Pérez en Buenavista.

A MAL PAN...

Empezaba la subida y atrás quedaba la incertidumbre y la angustia del perseguido. La hierba de Guinea la cubría por momentos y el calor caía sobre la cabeza como una máscara de hule, pero la altura y la manigua daban a cambio la seguridad y el poder. Al mirar abajo, el paisaje se arrastraba sin secretos, sin esquinas alevosas, ni golpes súbitos en la puerta de una habitación sin salida trasera. Arriba, ella era la que podía tender la trampa, vigilar sin ser vista, disparar con calma a ese soldado que subiría sudoroso y serio, o dejarlo pasar –quizás por conmiseración inexplicable- y apuntar al otro que le sigue con el automático listo y mirando hacia los árboles y las piedras que les son aquí enemigos.

Había salido de la casa de los Galiano, en las estribaciones de la Sierra Maestra, a enfrentarse con el ascenso de la cordillera. Presuntamente iba a ver a su esposo, combatiente del Ejército Rebelde, pero a cada cuesta vencida, cada pico dejado atrás se confirmaba en la resolución de quedarse a compartir la vida de los guerrilleros, aunque el capitán se resistiera a que su mujer lo acompañara en los riesgos de la guerra. El guía la dejó en sitio seguro. Y esa noche durmió en el bohío del Santaclarero, cuya vivienda era estación de tránsito hacia la Comandancia. Al amanecer del 15 de enero de

1958, gracias a la influencia de aquel campesino, varios compañeros accedieron a llevarla advirtiendo, en señal de reticencia, que tenían prisa. La jornada fue rápida. Sin descanso. Subir y bajar. Y subir otra vez... portaba a la espalda una mochila armada con el tejido basto de los sacos de azúcar, donde guardaba los objetos más personales e imprescindibles de una mujer. Ya le pesaba... El aire le faltaba o se atascaba en los pulmones. A veces quiso dejarse caer y resbalar. Pero si flaqueaba, más que el viaje, perdería la oportunidad de quedarse. ¿Quién admitiría en la guerrilla a un ser débil, pusilánime, inadaptable?

Subía. Subía. Y treinta minutos pasadas las cinco entraron en el campamento. Momentos después, entre risas y saludos, la invitaron a comer. Le sirvieron una de esas latas que en las tiendas se vendían entonces llenas de chorizos españoles. Ahora, sin embargo, estaba colmada de arroz. Le pareció un plato típico cubano: el congrí, arroz cocido con frijoles colorados. Una cucharada. Y la primera decepción: carecía de sal. Se animó diciéndose, como aún oía a sus padres y abuelos: A buena hambre, no hay mal pan. Otra cucharada. Y la segunda decepción: una piedra, y luego otra, y otra, y al fin descubrió que no era congrí, sino arroz prieto, turbio arroz blanco, puesto a la candela con un mínimo de agua para ablandarlo. Lavarlo hubiera sido un desperdicio del líquido aun allí donde tanta saltaba de piedra en piedra. Disimulando su asco, abandonó la comida. Perdía la primera escaramuza de guerrillero recién incorporado. Ah, compañeros, me siento llena... ¿Llena? Ya verás que dentro de una días harás la cola para le segunda ración.

CUANDO MUCHOS
SE SINTIERON IMPORTANTES

La noche en que Batista se fugó ni los borrachos andaban por las calles... El general, renunciando a la última bala, había elegido el último de sus aspavientos napoleónicos: un golpe de Estado contra sí mismo. Y desde la escalerilla del DC3 de Aerovías Q, una de sus empresas con base en el aeropuerto militar de Columbia, repetía a sus cómplices los detalles claves del libreto que pretendía conservar su memoria y su régimen de "hombre fuerte". Después, la madrugada no sintió el ruido de aquella nave fuera de itinerario, y de dos más que la siguieron aventada de gerifaltes, ministros y oficiales con deudas de sangre. Sigilosamente, ciertos personajes discaron luego sus teléfonos avisándose de que el Chief se había ido... Se había ido como había entrado en el principal campamento del ejército de Cuba, el 10 de marzo de 1952: en silencio y de madrugada.

Esa horas tal vez algunos automóviles, cola'epatos de hijitos de Miramar, rodaban desalados por el Malecón. Quizás aún en el Casino del Hotel Nacional, o en el cabaret del Capri, turistas y gánsteres norteamericanos, y profesionales de la nocturnidad inauguraban ese jueves el año de 1959. Unas horas más tarde, abierta ya la mañana, el año comenzaba como casi todos deseaban, pero como nadie podía imaginar, salvo los que recordaban el 12 de agosto de 1933.

De súbito, la noticia partió de la voz inquieta, alterada, de una emisora que se distinguía por su sobriedad. Radio Reloj tocó a la puerta de una, dos, cien, mil hogares atrancados por el terror, o la cautela, o el apoyo activo a la insurrección que había pedido silencio en las navidades y el fin de año. La nota confirmaba lo que se escuchaba nebulosamente:

¡Batista se fue! ¡Se fue Batista!

Y la felicitación tradicional de ese primer día del año, trastornó sus letras. Fidelidades, decía una vecina. Fidelidades, respondía el otro.

Allí, frente a la Decimocuarta estación, delante de un gentío enfervorizado y ante una decena de policías boquiabiertos -que al parecer vestían uniformes sin manchas de sangre-, un mulato muy joven del barrio subió a un poste del tendido eléctrico, en las avenidas de 10 de Octubre y María Auxiliadora, y puso a flotar los colores rojo y negro del Movimiento 26 de Julio.

Las bodegas y los bares que habían abierto tímidamente, comenzaron a cerrar, y las amas de casa y los adolescentes, ese día sin escuelas, se arracimaron en la trastienda para avituallarse de luz brillante, alcohol, conservas. Las guaguas alargaron su frecuencia. Empezaba la huelga.

La gente iba hacia el centro de la ciudad habitada de pronto por las consignas, la cólera, el júbilo. Combatientes clandestinos del Movimiento corrían por las calles, armados de revólveres, escopetas de caza, y luego de armas automáticas.

En la Manzana de Gómez, un grupo de los llamados Tigres de Masferrer –periodista y senador que ordenaba matar y mataba él mismo- se
resistían a la justicia.

La multitud, enardecida, operaba como un va-
llador frente al golpe de Estado concebido para
arrebatarle la victoria al pueblo, como denun-
ciaba Fidel en su alocución desde el central
América. Los signos e instrumentos de la opre-
sión caían. Los dedos de los manifestantes seña-
laban a los chivatos, término popular para los
delatores. Las manos destruían los parquíme-
tros que, como metálicos ladrones, exigían en
cada espacio libre que los conductores deposita-
ran una moneda para estacionar su automóvil;
despedazaban también las máquinas traganí-
queles de las casas de juego. Muchos habaneros,
desempleados desde hacía varios meses, llegaron a sus casas con los bolsillos inflados de pie-
zas de 20 y de a cinco centavos.

Los muchachos habían estado todo el día en la
calle. La voz, agrietada por los gritos; las piernas, flojas por la carrera. Algunos cosieron pedazos de tela roja y negra y se los ataron al brazo
izquierdo. Al atardecer, ya las milicias del 26 de
Julio habían tomado la estación 14. Con su di-
seño de castillo feudal, tal vez para hacer más
imponente y grosero las formas del poder, aquel
recinto policial parecía inaccesible, misterioso;
asustaba y a la vez azuzaba el deseo de entrar,
pero sin que el miedo causara hoy un vacío en la
barriga. Algunos se decidieron. En la puerta, un
miliciano, con un Springfield colgado sobre uno
de sus hombros, los detuvo levemente. Cada una
le enseñó el brazalete; el custodio miró hacia
dentro. Una voz le respondió:

-Déjalos pasar; son de los nuestros.

Más revólver que gente

La fecha se le encapsuló en la emoción. Pudo haber sido cualquier día de agosto o septiembre de 1959. Quizás antes. Ya no importa saberlo. El Catey solo recuerda la visita; el día... ah, cualquier día era bueno para recibir a Camilo.

Esa mañana muchos se aglomeraban en el campo de golf de Banes, ya casi entonces justamente despojado de su título de capital de la United Fruit Company. Estaban las autoridades revolucionarias del pueblo: ediles, policías con barbas, otros miembros del Ejército Rebelde, ex combatientes de la lucha clandestina urbana, milicianos.

Entre los soldados voluntarios, mezcla de adultos, jóvenes y adolescentes, alineaba El Catey, de cuyo sobrenombre quizás nadie se acuerde. Hacía poco que había dejado de jugar con los americanitos, prole privilegiada de la burocracia de "Mamita Yunai". A esa relación le debía hablar un inglés casi de cuna, aunque lo masticaba en los patios entre malas jugadas y palabrotas beisboleras.

Cuantos lo conocieron en la niñez, si se esfuerzan en recordarlo, no permitirán que el cronista mienta. Saben que es de escueto formato, con músculos de lápiz, pero superdotado en los atributos morales propios de un varón: tanto coraje lo distingue que a los 14 años rompía sus botas marchando o andando vigilante sobre las piedras de la costa norte de Oriente.

Famoso era por su revolver 44 Frontera. Y midiéndolo con ojo generoso, parecía un cañón que, colgando de la cintura, caía sobre el tobillo derecho del muchacho.

Camilo bajó del helicóptero. Miró al grupo. Y soslayando a los principales jefes y personajes, se dirigió hacia aquel milicianito. Los labios del Comandante semejaban un vaso de agua pura. Le tiró el brazo por la espalda. Todos oyeron el saludo: "Guajiro, Guajiro: ¡Tú eres más revólver que gente!"

El temblor

Suspicaz y casi experto en las frutas del bien y del mal en este archipiélago, el médico se atiene a una regla: cree muy poco de cuanto sus amigos, o sus pacientes, dicen en cualquier momento frívolo, sobre sus oficios sexuales. Los varones nacen con el síndrome de Freud como un pecado original; desean, fantasean, fracasan, y luego exageran o mienten. No ha vivido mucho, ni mucho ha hablado, pero ha oído lo suficiente como para aceptar que la verdad, piernas abajo, se queda enredada en el áspero vellón del macho.

Oye y ríe habitualmente, salvo esa fatigada tarde de consulta cuando Silvestre, marine-ro en activo y todavía soltero, le contó un tanto entrecortadamente esta historia que lo agobia y que no ha dejado de recurrir a sus recuerdos, y que el médico oyó esta vez dudando de sus prevenciones sobre de la falsedad de la bitácora sexual de los varones.

-Hice papel de bobo. Si ella no se dio cuenta, en cambio, durante unas cuadras caminé como en el aire... -y la voz se le derritió en un carraspeo que sugería el amago de un sollozo.

El barco había atracado en Santiago de Cuba, y Silvestre volvió a dormir con la misma mujer. Aún el gobierno revolucionario no había clausurado los bayuses, y la contrataba en la Casa de

Lola Baragaña, matrona en cuyo taller de entrepiernas las últimas dos generaciones de santiagueros habían aprendido la cartilla del sexo pagado: convenio de dos en el que el movimiento y el ardor correspondían a la cintura de uno.

El marinero sabía que la noche no prometía más que el jadeo de su abstinencia amontonada en el trasiego mercantil del cabotaje. Dormían en el mismo circunstancial hotel de la Alameda. Los actos y los gestos se reproducían uniformemente, salvo en época de carnavales –los segundos o terceros antes de los jaleos en la Maestra- cuando iban a la calle Trocha a presenciar la comparsa de La muerte en cueros, o cualquier otra, como las del Tivolí, o la de Los Hoyos, enfundadas todas en una barahúnda de tambores africanos y cornetas chinas.

Nada en particular le atraía de aquella acompañante temporaria, ajada por el esfuerzo promiscuo, y cuyo pelo de rubio artificioso se deshilachaba en las caídas de la edad. Casi no hablaban mientras bebían cerveza Hatuey o bailaban lentamente, apretados, un bolero que exaltaba el despecho. Arriba, en la penumbra de la habitación, más que palabras irrumpían los crujidos de la cama y algún golpe de tos. Quizás la precaria recurrencia de un mismo rostro, un mismo olor, infundía en Silvestre la certeza del cariño. Sus compañeros de tripulación le reprochaban el compromiso con la misma puta. Así jamás –argumentaban- conocerás a las mujeres de Santiago; busca otra, cambia de bayú, viejo. De todos modos –ripostaba él- tampoco uno llega a conocerlas. Pagándolas, son como cepillos de dientes…

Esa noche creyó sentir en la mujer una leve reacción; un movimiento que anulaba la rigidez del contrato. Un temblor compartido. ¿Estará enamorándose? —se preguntó en el silencio, ahora animado, de su soledad indivisible.

De mañana, en el camino hacia el puerto, compró un ejemplar del periódico Sierra Maestra que, por los gritos del voceador, parecía contener una noticia capaz de fragmentar el tedio: ¡Entérese, entérese, se acabó el mundo!

En la primera página, a 48 puntos, el titular informaba:

TEMBLOR DE TIERRA EN SANTIAGO.

LA LIMPIEZA

No conoció a su padre, de modo que nunca pudo, con el dedo en la boca y los ojos en el camino, evocar con el tacto de la experiencia la escena que lo acompañará como un déficit vitamínico. Solo soñaba que de niño bajaba la cabeza para que el padre la frotara con los dedos entre el pelo lacio y negro, y luego él trepaba al Turquino de las rodillas paternas y, a horcajadas, cabalgaba en la más briosa y obediente de las jacas.

Muchos años después se enteró del nombre de quien lo había construido en una noche que luego olvidó entre las espumas de otras mujeres. Ya no era un niño. Tenía el pelo largo y la barba acumulada. Vestía un verde uniforme descolorido. Al hombro, un fusil Garand. Acababa de bajar de la Sierra Maestra. El soldado rebelde, poco después, plantó una bandera en el latifundio y el central extranjeros. Ocupó las oficinas y los libros contables, investido con la autoridad de la nación.

Su padre se había llamado don Pablo Casanova, nombre alto, más alto que aquellas rodillas de sus nostalgias. Y supo también, registrando en los archivos, que había sido uno de los que prepararon y firmaron papeles para que los americanos se apoderaran, con anuencias que les legitimaban el saqueo, de las mejores tierras

151

de la zona.

Sentado en el portal del bungaló donde los americanos habían bebido y fumado, com-prendió que ejecutaba un acto de doble justicia.

-También he lavado –dijo a sus colaboradores- el honor de mi sangre.

Y entonces volvió a soñar con el padre que nunca conoció.

Comodidad extrema

La ametralladora se encarnizaba con la manigua y la hierba. Pretendía limpiar de arbustos el suelo de la Ciénaga, como si trabajara de jardinera. Un batallón de milicianos, procedente de Santiago de las Vegas, en La Habana, soportaba el fuego rasante de un pelotón de la Brigada 2506, compuesta –y el cronista lo aclara como rutina de historiador- por cubanos que, entrenados, transportados, alimentados y pagados por los servicios secretos de los Estados Unidos, habían desembarcado por Playa Girón y otros puntos de la península de Zapata.

No será necesario añadir nada más para entender las circunstancias especiales de esta historia. La fuerza revolucionaria, en su avance, había sido detenida por aquel compacto repiquetear de un calibre espeluznante. Los milicianos intentaban hundirse en la tierra blanda de la ciénaga. Las balas silbaban su aviso de mortandad muy a ras de los cuerpos.

Uno de los milicianos, camisa azul de mezclilla y pantalón verde, ya manchados de negro, al tenderse había caído sobre un tronco. El madero lo empujaba hacia arriba desde la cintura, picándolo en dos mitades, de modo que las nalgas del combatiente sobresalían, como la carpa de un circo, ofreciéndose groseramente al plomo de la 50.

El cronista sabe su nombre. Y ahora lo escribe para rendirle homenaje. El periodista José Manuel Janero no murió ese día, sino muchos años mas tarde de enfermedad común. Sin embargo, allí, en la ciénaga de Zapata, acostado, con sus glúteos desguarnecidos, tentadores, que intentaban reducirse bajo el calor de las balas, experimentó la convicción última de que iba a morir. No lamentó su destino como había lamentado mientras el batallón avanzaba por la carretera de Playa Larga, que le hubieran tocado botas medio número menor que sus pies. Decidió, en cambio, pedir el capricho de su última voluntad. Y volteándose hacia el compañero de al lado, dijo:

-Oye, mi socio, quítame ese tronco de abajo, a ver si me muero cómodo.

EL MISTERIO DE BAINOA

Los trenes ya no paran allí. Pasan a cien kilómetros por hora ante la estación cuya presencia ruinosa anuncia que a nadie le interesa ya bajarse o detenerse en ese lugar, mientras los viajeros perciben la fugaz estampa del olvido en un pueblo que les resulta contradictoriamente familiar.

Es uno de los pueblos que con el comienzo del siglo XX perdieron sus días de esplendor y empezaron a languidecer aplastados contra el tiempo. Fundado en 1795 a impulsos de la caña de azúcar en el suelo llano y rojizo del hato nombrado San Lorenzo de Bainoa –antiquísima merced de don Diego de Soto-, el caserío se benefició también con el camino real de La Habana a Matanzas, porque los viajeros de volantas y quitrines se detenían en tiendas y tabernas para comer, beber, tal vez dormir una noche, y proseguir viaje.

En 1900, la compañía inglesa de Ferrocarriles Unidos de La Habana construyó el apeadero de Bainoa en la vía que rodaba hacia el este del país. De líneas sobrias, con fisonomía y solidez de fortaleza, dividida en salón de espera para viajeros, almacén, y vivienda para el jefe, la estación facilitó que el pueblo adquiriera nombradía. Presumiblemente a partir de la década de 1920, su nombre se repetía en cualquier punto de la Isla. Este o aquel ciudadano lo invocaban sin propósito definido o para plantear una comparación. Era, incluso en el extranjero, sobre todo en España, referencia manoseada.

¿Por qué? ¿Qué había en Bainoa tan interesante para tanta recurrencia nominal, a pesar de que continuaba manteniendo su estampa de aldea, de paraje impávido? Aclararlo, requiere unas cuartillas.

El frío aún no le había moldeado el crédito de territorio más gélido de Cuba; más frío en horas de ciertas madrugadas invernales gracias, entre varias causas, al suelo ferrolítico rojo compactado que, al tragarse el agua de un sorbo rápido, lo mantiene seco, sin humedad alguna, y también a su altura de 97 metros sobre el nivel del mar. El centro meteorológico local que registró en 1996 el récord nacional de temperatura −0,6 grados Celsius- empezó a observar y medir el clima en 1979.

No muchos conocen hoy la razón de la fama antigua de Bainoa. Aún se escucha en el país la mención al burro que se asoció con el nombre del pueblo y el apeadero. Aunque ya no exista, integra el trío de los pollinos más célebres de Cuba. El primero Perico, ciudadano ejemplar de Santa Clara, también difunto; el segundo, Pancho, parroquiano del bar en el Mirador de Mayabe, Holguín, que suele morir tras estar varios años bebiendo cerveza, y renacer consecutivamente en un doble. El de Bainoa carece de méritos Pocos, sin embargo, conocen su historia. Es más: el de Bainoa es un burro sin historia. Simple alharaca. Tal vez, costumbre visual.

La verdad se escurre entre los sumideros de

una memoria que no existe. Algunos pobladores afirman que el burro nunca vistió piel y orejas de asno. Así habían apodado a un estibador que en el andén de la estación ferroviaria cargaba a la espalda toneles de manteca. Como un burro. Otros refirieron que un rico de la zona, cuando iba a la valla de gallos, encendía habanos con billetes de 10 o de 20 pesos. Y le apodaron el Burro. Quizás por imbécil. Una de las versiones más creíbles se excede por escabrosa. Cuentan de un burro que, habitualmente amarrado cerca de la línea y la estación ferroviaria, al sentir el galopar de los trenes, desenvainaba su equipaje sexual, como en un reflejo que alguien le condicionó estimando que los atributos del macho parecían un don sobredimensionado por la naturaleza.

La curiosidad pasajera empezó a reparar en el espectáculo. Y cuando cualquier tren se detenía en Bainoa, los viajeros, si no veían al animal, preguntaban por él a los pobladores aburridos o desocupados que iban hacia la estación a divertirse con la parada de la máquina y sus coches, único acontecimiento diariamente trascendente del pueblo.

Otros vecinos negaban esa historia, como Hipólito García Gamó a fines del siglo XX. ¡Mentira!, repetía airado para desacreditar esa versión apocalíptica o sicalíptica. De acuerdo con su relato, el burro existió anónima, trabajosamente en la estación de ferrocarril. Todavía hay un tanque metálico en lo alto y debajo hay un pozo que suministraba agua a las locomotoras de vapor. Cuando no había viento y al molino se le podían contar sus aspas, el burro hacía subir el líquido hacia el tanque. Los viajeros presenciaban la escena. Día a día. Año tras año. El asno, cabeza gacha y paso cansino, rondaba el pozo en círculos interminables... Nada más. Era una estampa de trabajo y perseverancia. Imagen cotidiana sin historia. Fama asnal inmerecida. Estampa común que pasó a fosilizarse como una referencia folclórica, sobre la cual el paradero sin importancia se trocó en una parada entretenida y perdurable. Y que hoy los viajeros, al pasar por Bainoa, no atinan a evocar conscientemente en el aire estremecido de la velocidad.

EL DESVÍO

Atardecer del 31 de diciembre. La terminal marítima de azúcar a granel, no detenía sus mecanismos: el grano subía por las esteras desde el almacén, hermética nave de techo parabólico; llegaba a la cima y luego caía, como una cascada de espuma, en las bodegas de los barcos. Varias naves de diversa bandera esperaban su turno.

Ahora, repletaba sus sollados un mercante soviético. En la cubierta, los marinos trajinaban en la faena diaria.

Como le es común a cualquier marinero, sus brazos mostraban los tatuajes de aventuras y sentimientos repetidos en cada travesía. El cabello descansaba, crudamente, sobre las espaldas desnudas.

Desde lo alto, en un balcón metálico, el administrador de la terminal los veía trabajar. Se lamentaba con uno de sus subordinados de que años antes, en el ingenio, él tampoco podía emplear el último día del año para beber y reír: trabajaba, mucho, como ahora, pero no igual que ahora. La vida había torcido su destino. Hoy era un hombre confiable, obedecido, respetado, de importancia... Andaba en yip.

Y señalando con la cabeza a los marineros de pelo largo y descuidado, le dijo a su   acompañante:

-Pero, créeme, hoy me hubiese hecho rico; que bueno están para darles una repelada...

Aquel administrador había sido barbero.

UN PROBLEMA DE TRABAJO

Un águila volaba por el estrecho de La Florida. En cualquier momento, el espacio aéreo insular podría alfombrarse con el aluminio supersónico de la aviación norteamericana. Los barcos de la U S Navy rodeaban la Isla

Transcurrían los días de un octubre que amenazaba con las sombras anticipadas de un invierno caliente. El gobierno de los Estados Unidos exigía que los soviéticos retiraran los cohetes que habían emplazado en Cuba.

Los cubanos se atrincheraron frente a las amenazas de su poderoso vecino. Volvieron a proliferar, como un año antes en Playa Girón, los gritos de muerte al invasor. Todo el país era una sola voz, un solo ademán.

En la estación de policía número 17, de la ciudad de Marianao, los agentes del orden vivían la unánime atmósfera de decisión patriótica.

—¡Que vengan, que vengan... que si vienen, quedan!

Ese era el comentario que, varias veces al día, se escuchaba en el precinto. Sin embargo, el empleado que limpiaba el piso, sujeto de andar arremolinado, repetía a veces, también en voz alta:

—¡Que no vengan, que no vengan!

La guarnición se alarmó ante un deseo tan chocante. ¿Estará loco este tipo? ¿Será acaso un provocador?

Se quejaron al jefe. Y el capitán Juan Nicot llamó al empleado y le exigió una explicación de postura tan inconsecuente. No alzó la voz. Ex guerrillero del Segundo Frente, en la Sierra del Cristal, había demostrado ser hombre sereno, reflexivo. Ni aún en el combate perdía la compostura, ni la sonrisa ancha en su cara esmirriada. Su primer enfrentamiento fue en la toma de Caimanera. Sólo disponía de tres balas en un revólver Colt; disparó dos veces hacia el cuartel y sentándose en el suelo tras el parapeto comentó: Déjenme reservar una por si acaso…

El empleado le dijo que muy sencillo, capitán.

-¿Sencillo?

-Bueno, para mí lo es… Porque yo sé que algunos pocos de los que gritan que vengan, que vengan…

-Sí y qué…

-…Cuando vengan de verdad, podrían embolsarse del susto. Y como yo soy el que limpia, seré yo y no usted el que recoja tanta mierda. No, mejor que no vengan, que no vengan, capitán…

MALAS PALABRAS

Sus rasgos y su andar ponían en evidencia al montuno, al joven de campo trasladado por la revolución a la ciudad. El uniforme le colgaba sobre el cuerpo esmirriado. El pelo rubio, rígido y cortado semejante a un cepillo, le prestaba una apariencia de alemán en bancarrota que se le acentuaba al caminar con las piernas abiertas como un pato.

Los reclutas de la Marina de Guerra se burlaban de él a distancia. Su apellido Davalú se había transformado en Babalú, como el nombre africano del San Lázaro de la religiosidad sincrética, el de las muletas y los perros. Pero ninguno se exponía a que él los oyera, porque si lo hubieran ascendido de grado por la severidad, habría sido almirante.

Era una mezcla de comicidad y terror. El sargento Davalú suspendía el pase por cualquier causa, o imponía una guardia vieja por la razón más baladí. Por ello, la risa provenía de un sentimiento oscuro, oscilante entre el afán juvenil de burla y la recóndita venganza contra el poder despótico.

Con una frecuencia viciosa, Davalú soltaba el más inesperado disparate, envuelto en la retórica y el tono cortante del mando. Aquella mañana, en los minutos previos a la formación, alguien pronunció una palabrota, una obscenidad, en voz alta. El sargento llamó a filas y a silencio, y con el pecho hacia delante, en la más solemne de las poses militares, dijo:

-En la escuela está prohibido decir palabras "pordocenas".

Uno de los reclutas, sin poder enmascarar la carcajada, le preguntó

-¿Y cómo las va a contar, sargento?

Radicalismo municipal

El parque se pegaba a la carretera Central, como saludando al pasajero con las rosas de sus canteros, y la fresca techumbre de sus laureles. Los bancos, de esqueleto metálico cubierto por tablillas espaciadas y pintadas de verde, acomodaban desde la media mañana a más de dos decenas de jubilados y de jóvenes holgazanes que anestesiaban las horas jugando a las damas, hablando de mujeres o comentado la pelota.

Todo era rutina en aquel ambiente de pueblo recostado a su sombra. En los alrededores, el sol encandilaba los campos vacíos de frutos y abigarrados de manigua. La queja general contra el caserío con plantilla de municipio, era el aburrimiento, acompañado de un silencio que permitía saber, desde la entrada, qué tipo de vehículo se aproximaba desde La Habana o, en sentido contrario, desde Pinar del Río.

-Aburrido, sí…-dijo el presidente del gobierno local. Y levantándose se digirió a la ventana a través de la cual se veía diagonalmente el parque. Miren, miren qué espectáculo: aburrido, pero agradable para muchos vagos. ¿Alguien se opone a que seamos radicales?

A la semana siguiente, los delegados de circunscripción, reunidos en asamblea, se pronunciaron a favor de la medida que obligara a buscar empleo a aquellos aptos para el trabajo y que subsistían valiéndose de lo que ya se empezaba a llamar meroliqueo, ilegal y turbio comercio minorista entre una mayoría de necesidades que bostezaban ante tiendas con anaqueles en blanco o con precios para minorías.

En fin, el acuerdo de los ediles resultó fulminante. Desde entonces, el parque suele permanecer vacío de día y de noche. Los concurrentes no demoran más de diez o quince minutos bajo sus sombras o sus luces. Y los visitantes preguntan por qué los bancos no tienen respaldar.

Como en la pelota

Los testigos se desconcertaron. No supieron descifrar el móvil de aquella reacción. Unos concluyeron que al fin la carne del hombre aunque se marchite o se castigue retoza aun entre los cilicios de los más puritanos. O quizás, en un cálculo educativo, pretendió darles una lección de humanidad. En verdad, había demasiada rigidez en aquella consciente y formal disciplina; casi se percibía la repugnancia por la alegría de vivir y de trabajar.

La reunión se convocaba entonces mensualmente. Las reglas lo imponían con la recurrencia de una estación climática. Los secretarios generales de los núcleos de base, en el instituto de desarrollo forestal, analizaban tareas e intercambiaban opiniones con un enviado del organismo superior. Del mismo modo ocurría en el resto de las instituciones de la administración del Estado.

El funcionario pasaba lista. Pequeño, maduro, grave y mayormente callado, su voz flotaba entre los tonos menos altos.

Como si lanzaran mordiscos, cada uno de los asistentes respondía presente en la fórmula más usual: ¡Aquí! ¡Aquiii! Después, vendría la rutina: análisis, quejas, consignas... Entre las empresas y unidades representadas estaba una oficina cuyos proyectos los financiaban, en parte, los aportes de la Organización de las Naciones Unidas para la Agricultura y la Alimentación, conocida por la sigla FAO. Y por comodidad en papeles y reuniones la llamaban así: FAO.

El funcionario seguía cantando su letanía de sacerdote civil. Llegado el turno, requirió: FAO...

Una joven se levantó. Había venido por primera vez. En su pelo, largo como una cortina, parecía crecer el trigo, y en su cuerpo, la cimbreante gracia de una modelo.

El funcionario la miró con extrañeza. Volvió los ojos al papel y repitió preguntando: ¿Fao?

-Sí, aquí.

El severo funcionario la recorrió detenidamente estacionándose en los ojos de la mujer. Puso el bolígrafo sobre la mesa. Y le dijo con exquisita sinceridad que miente, compañera. Usted no es "fao"; usted es un jonrón.

Museo rodante

El único ferrocarril eléctrico de Cuba partió un día de 1921 y continúa rodando por un trazado cuyo itinerario y sistema operacional es el mismo de su origen, cuando Milton J. Hershey construyó un central azucarero para endulzar el chocolate de su fama y su fortuna.

Míster Hershey llegó a La Habana en 1915. Y cuatro años después, el ingenio realizó la primera molienda. Ubicado muy cerca de la costa norte, a mitad de la distancia entre La Habana y Matanzas, pronto el nombre de la fábrica de azúcar, llamada como su millonario dueño, empezó a repetirse entre los habitantes que poblaban la franja del litoral norte, entre lomas y valles, y que prácticamente vivían aislados a causa de la escasez de enlaces con las dos ciudades más importantes del occidente cubano.

Míster Hershey abrió también un camino hacia el progreso local. Estableció una vía por el norte entre Casablanca, poblado habanero del lado oriental de la bahía, y la llamada Atenas de Cuba. Algo de provecho colectivo debía producir aquel emporio estadounidense que se nutría de braceros sin otras opciones de trabajo, sometidos al ciclo de "tiempo muerto"-zafra que comprendía unos tres meses de empleo y nueve meses vacantes para la mayoría.

La influencia del llamado Zar del Chocolate no

pudo ganar, contra lo previsible, el litigio con la United Railways of Habana, que lo acusaba de duplicar con su tren, sólo un poco más arriba, el mismo recorrido de la compañía inglesa de paso por Matanzas en su viaje hacia el oriente. Por ello, los tribunales le prohibieron a Hershey utilizar la estación central de ferrocarriles. Y los pasajeros que preferían el tren eléctrico, comenzaban el viaje en una de las lanchas que, antes como ahora, unen las bandas opuestas de la bahía de La Habana.

Durante unos 100 kilómetros, el tren para más de 50 veces. Se detiene en cada uno de los pequeños poblados y empalmes que se dispersan por los valles del Jibacoa y del Jaruco, Durante tres horas, la ruta atraviesa parajes abruptos, punteados de palmares, y cubiertos por una vegetación habitualmente verde. Al fondo, hacia el sur, entre un azulenco perfil, se impone el lomerío de los Arcos de Canasí.

Hoy no rueda ninguno de los tres coches que restan de los 17 construidos en 1917. Pero el tren eléctrico, con vagones de 1944, continúa bamboleándose como un elefante, con patas de araña y geometría de museo...

A mí también me toca

El cronista se introdujo entre la concurrencia y comprobó que, llegado el trance, cual-quiera escenifica el ridículo, porque para ese libreto no hay que demostrar excesivo talento. Basta estar vivo, y vivir, que lo demás está impreso en nuestra irrenunciable naturaleza de compañía.

Esa fue la experiencia de cierto sujeto en aquella reunión del comité de defensa. Desde entonces las asambleas adoptaron para ese compañero la configuración de un instrumento de suplicio psicológico. Las teme en la tortura incruenta de las fobias, como ciertas mujeres a las ranas al oírlas o al saber que están cerca. En particular le asustan aquellas donde exigen levantar la mano. Y no porque sea incapaz de levantarla, pues aún no confiesa la edad en la que los miembros cuelgan como lágrimas. Más bien porque levantándola lo castigó el ridículo, aunque sucedió por permitirse lo que uno debe mantener a distancia cuando participa de una asamblea: el sueño.

Si uno se duerme, la gente comentará razones infamantes:

Que usted se está poniendo viejo. Que usted ya se desentiende de los problemas de la comunidad. Que usted debe ir al médico, porque tanto sueño es señal de anemia.

Pero usted no debe dormirse por la misma razón

por la cual al sujeto de esta historia le asustan las asambleas. Una noche, en lo más psicofármaco de una discusión, se durmió. Al despertar, entre el bosque de las pestañas pudo ver a dos o tres compañeras con la mano alzada. Y como eran pocas, y a él lo habían educado en el principio de que a las mujeres hay que ayudarlas, levantó la mano para que, vaya, no se dijera que allí no había caballeros. Fue entonces cuando la presidenta del CDR le preguntó:

-¿A usted, Rebustillo; a usted también le toca la prueba citológica?

SABOTAJE MUSICAL

Cuarenta años después, algunas personas no se resignaban a morir en el anonimato. Anhelaban un reconocimiento mayor que el homenaje de sus compañeros de trabajo en el momento de la jubilación. El cronista no les habla de los que le pidieron, cada uno a su turno, que les oyera los pormenores de su participación revolucionaria y publicara luego, si a él le parecía bien, la historia convertida en un reportaje o una entrevista.

Vaya a la asociación de combatientes. Los compañeros allí lo oirán -dijo cada vez.

La asociación de combatientes del municipio oía a cuantos reclamaban algún mérito en la insurrección contra la tiranía de Fulgencio Batista, para que la patria les reconociera el heroísmo... aunque con el 80 por ciento del salario como pensión tras el retiro laboral.

U na señora expuso que su esposo y ella habían comprado bonos del Movimiento. Eso, compañera, no basta. Hace falta el que ustedes acrediten haber participado en una acción contundente, a las órdenes de un jefe conocido. Ah, ¿una acción? Sí, compañera. Pues mire, compañero. Mi marido, que era artista de circo, enseñó a un grillo a tocar...

-Bueno, no creo que usted se burle de mí -advirtió el oficial.

-Incapaz soy de burlarme, de usted, compañero.

Y la mujer le aclaró que el grillo había aprendido a cantar con su estridular la Marcha del 26 de Julio.

Se oía clarito, clarito. Y ya usted se puede imaginar cuánto valor el de mi esposo para sabotear de vez en cuando la función…

LA VENGANZA

Se habían detenido... Cercada por la manigua y con su pulmón limpio por una larga huelga del humo, la chimenea aún desafiaba el cielo. Abajo, los hierros se corrompían en su nuevo oficio de testificar que allí una vez el aire olió dulce.

Los despojos del central La Julia se arrinconaban a un lado de la carretera, y solo servían para soportar las miradas veloces e interrogadoras de los transeúntes, o para que los estudiantes que, cerca de allí cultivaban la tierra, grabaran sus nombres envueltos en un corazón de grafito.

Los vientos del ciclón de 1926 tocaron el ingenio, y La Julia se sometió inesperadamente a su fin. La compañía norteamericana se negó a reedificar la nave, reordenar las máquinas. Y prefirió venderlo a la familia Gómez Mena, que tampoco tuvo en cuenta a los trabajadores que dependían del crujido de aquellas mazas y el soplido de aquellas calderas. Lo trasladaron en pedazos hacia el Merceditas, central cercano.

Los tres extraños decidieron que donde hay ruinas hubo hombres, y preguntaron. Les señalaron una casa...

Jesús Reyes había continuado viviendo en el lugar donde nació cuando aún la campana marcaba las horas principales del ingenio. Un golpe severo ordenaba silencio a las nueve de la noche, y siete horas más tarde, para despertar a la peonada, el badajo chocaba doce veces con la bóveda de aquel reloj de sonidos.

Reyes trabajó en los ingenios aledaños, pero a cada atardecer regresaba a La Julia. Todos los días se lamentaba por la pena que se le había adentrado en los molinos del pecho como una caña enferma, amarga.

Les abrió la puerta.

Se cubría con un sombrero de yarey, de ala ancha. Un bastón lo sostenía como el pie más apto.

-Somos periodistas, señor.

Los miró e indagó:

-¿Periodistas? Pues pasen; llevo más de 60 años esperándolos.

Al pie de la letra

El guion del acto preveía un orador de la masa. Alguien sin ninguna relevancia política que representara a la comunidad laboral en la tribuna. El sindicato pensó en aquel compañero. Le sobraban los méritos: disciplinado, entregado a la faena, solidario. ¿Quién, si no él, alzaba la mano cuando el trabajo urgía de un domingo, o del sindicato provincial reclamaban un cortador de caña voluntario?

-Pero compañeros, yo no sé hablar en público...

-No tendrás que hablar; simplemente leerás lo que nosotros te escribamos.

-Compañeros, por favor...

-Vamos, vamos; tú nunca has dicho que no. Lee lo que esté escrito. Ni más ni menos.

El patio estaba colmado de obreros. En la tribuna, el secretario municipal del Partido; un enviado del ministerio de la rama, el consejo de dirección de la fábrica. Celebraban el cumplimiento del plan anual.

Al fin, luego de las palabras del secretario general de la sección sindical, habló el obrero más destacado.

Subió vacilante a la tribuna; desenvolvió el papel, miró al público y los labios le temblaron; también las piernas. Recordó que solo tenía que leer. Y comenzó con el saludo que el autor del

discurso había puesto en la abreviatura entonces común para dirigirse a los compañeros y las
compañeras.

Luego un silencio. Y de pronto, la risa. Quién
podía evitarla.

El compañero había dicho:

-Queridos cros y cras...

La manquedad del Quijote

La imagen airada, furibunda, encabritada del caballero vestido de alambre sobrecoge al transeúnte en el parque de 23 e I en La Habana Pero cuando el transeúnte se le acerca pregunta por Sancho. No sabemos dónde estaba el escudero cuando el escultor Sergio Martínez tejió los hilos cobrizos del Caballero, tan tenso como el alma de un loco.

¿Habría cruzado Sancho la avenida, para pedir –él, tan pendiente del yantar- una ración de pescado en el restaurante Los siete mares, y por ello, en el momento de ubicarse la estatua de su amo, perdió su puesto en la estampa como jinete sobre un borrico?

El Quijote, parece ley, no debe andar sin su escudero. Como al gato su cascabel, hay que insertar cerca la contrafigura que exalta la figura del alucinado Caballero. El cronista se percata que Don Quijote brilla en la medida que se opaca y apoca su pusilánime ayudante. Tal vez esa furia descuerada, esa acometividad que le obliga a representar una bronca perenne, espada en mano, sea su protesta por no tener a un chasquido de su retó-rica de armadura y lanza al Sancho dicharachero y previsor. Lo necesita. Para ello lo convocó a esa aventura donde ambos ilustran la pareja más contradictoria y más humanamente complementaria de la historia. El escudero no solo se ocupa de los bastimentos del cuerpo y que al Caballero le importan poco cuando no es hora de comer. Sancho es también el que le advierte que los molinos son molinos cuando lo son de verdad, y que chocar con ellos implica a rodar por tierra.

Pero la ausencia de Sancho parece ser otro símbolo de la idiosincrasia nacional. No quieren los cubano que, cuando conciben la dama de sus sueños, o el ideal que justifica su vida, una voz excesivamente cauta o racional le estorbe el impulso, el ademán medio trágico y medio cómico, advirtiéndoles de peligros o equívocos. Un rasgo del espíritu de Don Quijote se multiplicó entre los cubanos. Hablo de ese afán de acometer fantasmas y visiones, de salvar doncellas en peligro y compartirse sobre la mesa de la solidaridad… Muchos en la época del Caballero –tipos de cuello rígido, abundantes tanto ayer como hoy- tachaban de locura esa actitud. Y el viejo vindicador respondía: "Yo sé quién soy."

No podrá, sin embargo, reforzar con esa inapelable declaración su personalidad y su vocación mesiánica en la ciudad de Puerto Padre, en el norte de la provincia de Las Tunas. Allí, en un conjunto, Don Quijote de los Molinos cabalga acompañado del ventrudo y bonachón Sancho. En su andar, la pareja se acerca a los molinos de viento. Pero también se le nota una ausencia sin la cual el denodado Caballero no podrá acometer una de sus aventuras más pugnaces. Carece de los atributos genitales. Y a fe de cuántos lo vieron nacer a fines de la década de 1980, nada le faltaba: de su cintura partía su hombría casi salvaje como lanza dispuesta a sajar carne mujeril.

Una mañana amaneció desarmado. Le habían cortado el carné de virilidad. Los despojos todavía no han aparecido. Algún osado investigador estima que posiblemente sean objeto de un culto esotérico de prosapia antigua o de miradas clandestinas que lo quieren sólo para sí. También afirman que el cura, después de un escrutinio comparativo con lo que Dios suele proveer a los varones, los mandó a incinerar.

Al pie de la guillotina

Los médicos conservan el halo místico de los viejos alquimistas, los remotos curanderos, los brujos de la tribu: despiden inconscientemente el azufre de la magia; sudan en la humedad de la recóndita cueva de los papeles del Mar Muerto. Sus antecedentes son el buen samaritano, Simón el Mago, Galeno, Hipócrates, Cagliostro…

Por todo ello, que los enriquece con milenios de tradición, y por su ciencia moderna y eficaz, los enfermos respetan a los médicos. Cuando ellos hablan sobre la salud de sus pacientes, estos callan: oyen, asimilan; se reorientan, confían…

La cervical del paciente del asunto de referencia salió a navegar en estos días: los tumbos del mareo lo han mantenido medio atontado. Y el ortopédico, con el propósito de descartar otras causas posibles, lo remitió al hospital para que le revisaran el canal de las carótidas y precisaran si algún arrecife tupía el fluido sanguíneo.

La mañana lo favoreció. Apenas había leído las primeras cinco páginas del final de la biografía de María Antonieta (era una casualidad), cuando oyó su nombre en voz alta y luego el de otro paciente. Entraron en una pequeña habitación; una mampara dividía el mínimo espacio. El doctor dijo: esperen al lado. Y unos segundos después pronunció el nombre del personaje central de esta historia.

Saludos. Y enseguida: Bájese los pantalones. Un tanto dudoso, los bajó sin preguntar. No se atrevía. Supuso que como nunca le habían hecho un ultrasonido especial, quizás la medicina habría hallado nuevos fórmulas, nuevos caminos para llegar desde abajo a arriba. Oyó una señal rápida como rasgar de papeles y vio unos signos y rayas en la pantalla del monitor. Luego, el doctor le ordenó: Súbase los pantalones. Fue en ese instante cuando se arriesgó: Doctor, perdone, le voy a preguntar solo por curiosidad, no se ofenda. Qué tienen que ver los testículos y la cervical.

Una pausa, casi invisible. Y el médico dijo: Nada, me equivoqué. Le había pedido a la enfermera llamar primeramente las órdenes referidas a los testículos. Sólo eso; perdóneme, pero le advierto: tiene un "huevo" duro... Y el paciente, dejando a lado sus aprensiones, el clásico respeto por los émulos de Merlín, y Bianchon, el médico de Balzac, dijo: No se preocupe, doctor, debe ser el calor; el calor lo ha cocinado.

Las estatuas hablan

Ante la estatua de Cristóbal Colón que en San Juan de Puerto Rico se mantiene con un pie hacia delante y el índice señalando hacia el más allá de los osados, cierto amigo le prometió al cronista un viaje al lomerío de Aibonito, y al preguntarle cuándo, respondió: Cuando el Almirante baje el dedo.

Luego supo que allí habían convertido la imagen del marino empecinado y mañoso en figura para prometer lo que nunca cumplirán. Esto es, mejoraron la tradicional y pedestre fórmula de cuando la rana críe pelos o las gallinas meen que los adultos le repiten a los niños.

El juego de las estatuas no pertenece sólo a los puertorriqueños. En cualquier parte, con una mirada de transeúnte amable y desde su boca anónima, el pueblo sopla el aire del Génesis sobre la estatuaria que habita en calles y parques. Lo inspira el común afán de releer en el bronce o en el mármol, para reanimar los gestos petrificados de la historia mientras quema unos granos del humor que suaviza, alivia, la excesiva rigidez de los días.

Alfonso Reyes, con el crédito de sus textos sobre la filosofía helenística, recuerda en una crónica de su libro Norte y Sur que en el parque central de La Habana, la estatua de José Martí, en pose de orador que levanta el brazo derecho, parece dictarle al ingeniero Francisco de Albear, casi en frente, lo que el proyectista del acueducto habanero anota en un libro.

Luego, andando dos o tres centenares de metros más abajo, ya en la ciudad vieja, al cronista se le ocurre pensar que, cuanto Albear copia, lo intenta oír Miguel de Cervantes. Sentado en el parque de San Juan de Dios, ladea su cabeza hacia la izquierda, como arrimando su oreja.

Más abajo, en la Plaza de Armas, observado de perfil, con un rollo de manuscritos en su mano derecha en posición que semeja un pene erecto, el rey Fernando VII aparenta la intención del que va a descongestionar su vejiga.

Vista esta sumaria mención de gestos de mármol o metal en parques y calles, a los habaneros les sobran referencias donde los personajes de la historia o las letras o el arte adquieren la recurrencia de lo presente. Podrán decir que pagarán o cumplirán cuando Fernando VII acabe de botar sus aguas, o cuando Martí terminé de dictarle a Albear... O tal vez, señalando hacia un señor de bronce, sentado como si estuviera vivo en el parque de 17 y 6 en el Vedado, jurarían pagar lo prometido cuando... cuando Lennon se levante.

OLVIDO CULINARIO

El circo de Lilia Caballero Cambray siempre estaba cerrado al público. Su único acto se presentaba cuando la ausencia ocupaba el espacio de las graderías. Si los actores exclusivos del elenco notaban a alguien cerca de la domadora y maestra de ceremonias, no aparecían en la pista.

Solo a través de la lámina de una ventana entreabierta, un ojo extraño podía presenciar el espectáculo que cada mañana se celebraba en el patio de Lilia, amurallada y escueta carpa adonde llegaba el aire y el olor del litoral de Gibara, en Holguín.

La señora salía de la cocina llevando un plato de revoltillo de huevos; se sentaba sobre un taburete, y con la cuchara convertía el fondo del recipiente en una campana.

El tintineo volaba; penetraba por los entresijos de los bloques y las tejas allí amontona-dos. Y sacudía los oídos de las lagartijas que, respondiendo a un gesto predeterminado, dejaban sus cavernas y corrían hasta los pies de Lilia.

La mujer entonces les echaba el revoltillo, y los perritos de costa lo comían como si fuesen polluelos.

Una mañana no comieron. Probaron y se retiraron con sus colas encaracoladas…

Lilia había olvidado echarle sal…

Querer no es poder

El automóvil se detuvo a unos cien metros del bohío. Francisca Paula todavía estaba en la cama. Ahorita se levanta -dijo María, la hija mayor, mientras intentaba ordenar la casa que en su desgaste parecía suplicar la presencia de manos jóvenes para remendar las paredes y renovar el guano del techo.

Eran visitantes inesperados. Periodistas que habían llegado allí porque, procedente de Pinar del Río, una noticia circuló por La Habana citando, segura, cifras y fechas que adjudicaban implícitamente la progenitura nacional a Francisca Paula Álvarez Quílez. Según los datos, debía entonces, en 1988, sumar 118 años.

Llegar a aquel sitio hubiera significado una aventura tres décadas antes. En ese tiempo el valle de San Juan, en la península de Guanahacabibes, permanecía amurallado por el aislamiento. El bohío de la anciana contrastaba ahora con los edificios de cuatro pisos de la comunidad de El vallecito, y con las viviendas de mampostería, dispersas o agrupadas a orillas de la carretera hacia el Cabo de San Antonio.

Francisca Paula apareció sobre las 10 de la mañana. María, y Catalina –la otra hija-, la traían sujeta por los brazos, casi a rastras, como si fuese una combatiente herida.

Viéndola sin capacidad para gobernar los pies,

reducida en su estatura por la loma de la espalda, con la mirada puesta en remotas neblinas, los periodistas creyeron que era, entre todos los cubanos, la de mayor edad, una especie de campeona entre personas que vivían, usualmente entre 74 o 76 años.

Venía quejándose. Sus dolamas se había concertado ese día para maltratarla, aunque los médicos aseguraban que su estado clínico punteaba en lo satisfactorio.

Uno de los periodistas quiso animarla:

-No se lamente, vieja; alégrese: cuente los tantos años que usted ha vivido.

La anciana, levantando la cabeza y mirándolo con sus ojos blancos, dijo:

-Y quiero seguir viviendo, mi hijito, pero no puedo, no puedo.

Editorial Letra Viva©

2014

215 Valencia Avenue #0253
Coral Gables, FL 33114